행복을 선물해주는 **호두마루**의 견생역전 이야기

호두랑 마루랑

글 · 사진 | 호두마루 언니

dddddongmaru

10만	**100만**	**0**
게시물	팔로워	팔로잉

안뇽! 내 이름은 똥마루당!

이름 : 마루

성별 : 여자

생년월일 : 2013.09.09 (만7세)

키 / 몸무게 : 비밀 (쉿) / 3.963kg

좌우명 : 내가 제일 짱이다!

성격 : 말티즈는 참지 않긔

취미 : 종 치기, 휴지 뜯기

매력 포인트 : 볼록 핑쿠 뱃살, 잘 때 나오는 하얀 쌀알들

장점 / 단점 : 친화력 (사람한테) / 까칠함 (강아지한테)

버릇 / 습관 : 발라당 누워있기 / 눈 가리며 잠투정하기

별명 : 똥마루, 처마마루, 종마루, 책마루, 불꽃카리스마루...

---

ddddongmaru

   ● ● ● ●

이 세상 참 편하게 사는, 내이름은 똥마루에요
내 매력에 빠지면 아무도 못 나올 걸?

lovelyhodoong2

1,004
게시물

1,004
팔로워

1,004
팔로잉

안녕하세요 사랑둥이 호둥이에요 :)

이름 : 호두

성별 : 여자

생년월일 : 2016.04.04 (만4세)

키 / 몸무게 : 마루언니 두배 / 8kg

좌우명 : 행보카자~~ 아푸지망고~

성격 : 똥꼬발랄 겁쟁이 순딩이

취미 : TV보기, 창문 밖 구경

매력 포인트 : 방망이 꼬리, 날개같은 귀, 웃상 입꼬리

장점 / 단점 : 공감능력 최고 / 혼자만 신남, 입냄새 남

버릇 / 습관 : 몸 비비기 / 밥먹고 30초 내로 트름하기

별명 : 호둥이, 미소천사, 호구 (아부지가 부르는 애칭)

lovelyhodoong2

   ● ● ● ●

아팠던 과거는 잊고 마루온니랑 가족들을 만나 행복하게 지내는 호두에요
언니 오빠 이모 삼촌들이 저를 보고 행복했으면 좋겠어요

호두 마루의 이야기

"언니 언니 마루온니,
나보다 키도 작고 머리통도 작고 다리도 짧은 쪼꼬미 마루온니!"

"왜!"

"나 처음 만났을 때 어땠어?"

"응 너무 싫었어."

"힝 왜? 나는 되게 반가웠는데…."

"응 그냥 싫었어."

"왜….."

"알잖아 나 강아지 같은 거 싫어하는 거,
그리고 우리 집 막내는 나였다고.
너가 오기 전까지는"

"난 언니 처음 만났을 때 너무 좋았는데….
우리 처음 본 날 난 아직도 기억난다?
내가 처음 본 언니는 되게 하얗고 예뻤어.
그리고 나한테서 나는 이상한 냄새가 아닌 아주 좋은 향기도 났었어.
맞다. 언니가 나 엄청 째려보긴 했었는데...ㅎㅎ
그럼 언니는 내가 아직도 싫어...?"

"그날 나도 아주 또렷하다.
언니들이 어디서 못생기고 냄새 나는 이상한 애를 데리고 왔지….
너 고마운 줄 알아.
내가 마음이 넓어서 집이랑 가족들 조금 나눠 준거야.
뭐 그렇다고 널 좋아한다는 건 아니고.
뭐 싫어한다는 것도 아니고."

"싫어하는 거 아니면 좋아한다는 거네 ㅎㅎ
나 저번에 운동장 놀러 갔을때,
친구랑 싸웠는데 언니가 내 편 들어줘서 감동받았다?
그리고 저번에 어떤 아저씨가 무섭게 큰 목소리로 나 불러서
겁 먹었는데, 언니가 막 화내줘서 고마웠다?"

"그건 그냥 뭐 시끄러워서 뭐라고 한 거 뿐이야.
그리고 너! 덩치는 내 2배면서 밖에서 겁먹고 쫄보 되고
그러지 좀 마라. 동네 창피하다. 으흐!
그나저나, 넌 어디서 뭐하다가 온 거니?"

"나? 우리 집 오기 전에?"

"아니 우리 집… 하, 그래 뭐 이젠 너네 집이기도 하니까.
암튼 그래 여기 오기 전에 뭐하다가 온 거니?"

"잘 모르겠어 언니.
너무 아가 때 일이라 기억이 잘 안 나는데
많이 무서웠어.
맨날 배도 고팠고, 그리고 세상이 너무나도 컸어."

"너 그 눈은? 어디서 뭐하다가 그런거니?
많이 아파?"

"아 이 눈? 사실 기억이 잘 안나.
어느 날 눈이 되게 아팠다? 아프다가 갑자기 눈이 안 보였어.
많이 아파서 길에 누워서 맨날 맨날 울었는데,
그러다가 어떤 언니가 나를 안고 병원으로 가줬어.
그리고서 지금 우리 가족을 만난거고 이제는 하나도 안 아파!
언니 지금 나 걱정해주는거야?"

"걱정은… 뭐 암튼, 지금은 안 아프다니 다행이네.
그리고 너! 누가 뒤에서 너보고 징그럽다고 애꾸라고 뭐라해도 그냥 무시해라.
그런 나쁜 말 신경 쓰지 말라고."

"응! 언니 나 아무렇지도 않아.
마루온니도 있고, 엄마 아빠 언니들도 있어서!
처음에는 많이 슬프고 속상했거든?
근데 저번에 언니가 나한테 말해줬어.
세상에는 나 이상하다고 하는 사람보다
날 사랑해주는 사람들이 휘어얼씬 많대! 엄청 엄청 많대!"

"그래 맞아. 너 응원하는 사람들이 얼마나 많은데.
아 근데, 이제서 말하는게 좀 늦긴 했는데 너 처음 우리 집 왔을 때, 맨날 째려보고
엄마 아빠 언니들 없을 때, 때리고 간식 뺏고 미워해서 미안.
난 혼자 사랑받던 막내였어. 강아지같은 것도 싫어했고.
근데 아무런 말도 없이 너가 갑자기 나타난거야."

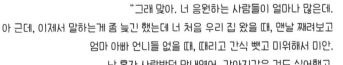

"난 이해해 언니. 심지어 나 완전 더럽고 온 몸에서 똥냄새도 났었잖아 ㅎㅎ
나도 갑자기 언니한테 허락도 안 받고 집에 들어가서 미안해….
처음 인사할 때, 예의없이 언니 똥꼬로 막 뛰어간 것도 미안해….”

"그래 뭐 암튼. 이제 서로 다 말했으니까.
우리 집에서 싸우지 말고 잘 지내보자.
너무 신나서 막 뛰어다니지 말고! 오바 좀 하지 말고!
맞다 그리고, 그 꼬리 관리 좀 잘해….
너 조금만 신나면 자꾸 그게 나 친단 말이야….”

"그건 언니가 너무 쪼꼬미여서 그런거긴 한데….
오케이!!! 알겠어!!! 나 이제 꼬리 관리 잘 하고
집에서 막 안 뛰고, 언니 말도 잘 듣는 착한 동생이 될게.
마루온니 사랑해!!!”

"오바 좀 하지 말라니까….
그래 호두야. 이제 아프지 말고 우리 집에서
엄마 아빠 언니들이랑 따뜻하게 오래오래 행복하게 잘 지내보자.
괴롭히는 애들 있으면 나한테 말하고.
언니 진짜 센거 알지?”

"그럼그럼! 든든한 우리 마루온니 사랑해.
내 언니가 되어줘서 고마워.”

"나도 사랑해 호두야.
내 가족이 되어줘서 고마워.”

우리가 찐 자매가 되기까지의 다사다난했던 과정,

그리고 그 과정에서 겪었던 많은 어려움들,

그걸 이겨내고 행복한 '우리'가 된 지금. 화려하고 특별하지는 않지만,

소소하고 사랑스럽고 행복한 '우리' 이야기와 일상을 담았어요.

누군가 우리한테 그랬죠.

"호두마루를 보면 걱정이 사라지고 마음이 편안해져요."

"아침부터 정신없이 일하다가 호두마루보고 오늘 처음 웃었네요."

이런 이야기를 들을 때마다 우리가 얼마나 뿌듯한지 모를 거예요.

우리의 이야기가 담긴 이 책을 통해

언니 오빠 이모 삼촌들에게 소소한 웃음과 따뜻한 행복을 나눠주고 싶어요.

일상에 힘들고 지쳐 위로가 필요할 때,

작은 위로와 힐링이 되어주고 싶어요.

자 이제부터 우리들의 이야기를 들어 볼래요?

002 마루 소개
004 호두 소개
008 호두 마루의 이야기

01

만나서 반가워 똥마루야

020 반가워 똥마루야

026 태생부터 발라당 마루

034 우리 마루는요

038 마루야 죽으면 안 돼

042 강아지가 처음이라 미안해

046 마루와 함께하며 얻은 것 〉 잃은 것

050 똥마루가 똥마루가 된 이유

02

만나서 반가워 호두야

056 불쌍한 강아지네

060 내 인생 최초 최고의 미친 짓

066 안녕? 대청이가 될 뻔 한 호두야

070 호두마루 첫 만남

074 똥망한 첫인상

076 적출이요?

080 호두야 무슨 일이 있던거야?

084 마루야 미안해

088 넌 누구니? 엄마 아빠가 오셨어요

03

이제 진짜 우리 가족
호두마루 크로스

094 부모님의 반대
095 호두야 널 어쩌면 좋니
098 똥오줌과의 전쟁
100 부모님이 조금씩 마음을 열어요
104 마루가 조금씩 마음을 열어요
110 이제 진짜 우리 집 막둥이, 호두
116 호두가 많이 아프대요
118 적출수술
122 호두야 괜찮아
125 호두가 웃기 시작해요
134 마루 : 너 내 동생 해라

04

우리 소중한 호두에요

142 소중한 우리 호두
144 우리한테만 소중한 호두?
148 그러지마세요. 소중한 우리 강아지예요.
154 우리 유명해지자
160 스타견리그
164 호두 이름으로 첫 기부

05

오늘도 평화로운
호두마루네

170 호두는 텔레비전이 좋아요

176 처마마루 (헤어스타일 천재)

182 호두마루의 짱친구들

188 불이야 불! 영웅 호두마루

196 털호두 털마루 안녕

202 마루 등에 종양이 생겼어요

206 마루온니 내가 지켜줄게

210 마루온니한테 배웠어요 (발라당)

216 호두마루의 봄 여름 가을 겨울

226 행복한 가족 여행   232   이야기를 마치며

01

만나서 반가워 똥마루야

반가워 똥마루야

동물을 좋아하는 다른 사람들처럼 어릴 때부터 나의 소원은 강아지를 키우는 것이었다. "엄마! 이번 생일 선물은 강아지 키우게 해주세요." 초등학생 때부터 늘 바라던 생일 선물이었고, 크리스마스 때면 매번 산타할아버지께 빌고 빌었던 소원이었다.

2013년 추운 겨울, 그토록 원하고 바라고 기다렸던 소원이 이루어졌다. 나의 첫 강아지 마루를 만나게 된 것이다. 어릴 때부터 그렇게 떼를 쓰고 또 써도 흔들리지 않으셨던 부모님께서 먼저 강아지를 키워보자고 이야기를 꺼내셨다. 마루를 데려오기 3주 전의 일 때문이었다.

동생이 친구에게서 갈 곳 없는 새끼 길고양이를 받아왔다. 이름은 까미! 까만 얼굴에 하얀 주둥이가 너무나도 귀여웠던 아가였다. 우리집이 아니면 갈 곳이 없다며 데려온 까미를 부모님은 내치지는 못하셨고 마지못해 허락하셨다. 온 시간과 정성을 다해 까미를 돌보고 아껴주고 사랑해줬지만, 까미는 밥도 제대로 못 먹고 점점 말라갔다.

그 작은 아가를 안고 동네에 있는 병원에 뛰어갔지만, 밥만 잘 먹이라는 대답뿐. 까미는 억지로 주는 밥을 삼키지도 못했고, 눈도 점점 뜨지 못했다. 다른 병원에 갔을 때 이미 까미의 상태는 심각했고, 의사 선생님께서는 '범백'이라는 치명적인 병에 걸렸다며, 까미가 살 확률은 10%도 안 된다고 하셨다. 온 힘을 다해 온 가족이 까미를 돌보았지만 까미는 가족이 된 지 2주도 안되어 우리의 곁을 떠났다.

무슨 마음이었을까? 멍한 채 눈물도 나지 않았다. 그렇게 나는 어릴 때부터 원하고 원하던 반려동물을 키우게 된 기쁨과 행복을 채 누리기도 전에 이별과 죽음을 겪게 되었다. 다시는 동물을 안 키운다며 매일 울고 있던 동생과 나에게 엄마께서 먼저 강아지를 키워보자고 말씀하셨다.

지인의 소개로 엄마 강아지와 아가 강아지가 함께 지내는 곳을 찾아가게 되었다. 삐쩍 마르고 털도 하나도 없는 빡빡이 강아지가 형제들과 엄마 강아지 사이에서 제일 먼저 눈에 띄었다.

"다른 애들은 털이 빵실한데 얘는 왜 이래요?"

응아가 물어서 털이 너무 엉켜 밀어버렸다고 했다. 참나, 이때부터 똥과 인연이 이렇게 깊었다니. 똥 묻어서 온몸의 털이 다 밀린 못생긴 빡빡이 강아지가 자꾸 불쌍한 눈으로 쳐다보는 게 너무 신경 쓰였다. 왜 이렇게 불쌍한 표정으로 쳐다보지…. 결국 이 친구로 선택했다. 아니다. 마루가 눈빛으로 우리한테 신호를 보내준 거다! 아주 작은 빡빡이 똥마루!

그렇게 우린 가족이 되었다.

쿨쿨 잠자는 대머리 아가마루

태생부터 발라당 마루

원래 강아지가 다 이런가? 마루는 잠을 이상하게 잔다. 처음엔 평범하게 턱을 괴고 엎드려서 자다가, 옆으로 눕는다. 그러다가 깊은 잠에 빠지면 배를 하늘로 하고 발라당 누워버린다. 우리 가족은 강아지가 처음이니까 원래 이러는 건가 싶었다. 아기 강아지들은 원래 이렇게 특이하게 자는구나 싶었다. 어디선가 들었다. 아기 강아지는 체형의 특성상 종종 이러고들 잔다고. 아 아기라서 그렇구나….

잠을 자지 않을 때도, 만져 달라고 다가와서 엉덩이를 쓰담쓰담해주면 또 배를 하늘로 하고 발라당 누워버린다. 오동통통 배를 하늘로 하면 핑크색 배가 숨을 쉴 때 마다 올록볼록 벌렁벌렁 거리고, 짧은 앞 다리는 허공에서 대롱대롱한다. 그렇게 누워 있다가 잠들어버리면 눈은 살짝 뒤집어지고, 깊은 잠에 빠질수록 입은 점점 벌어진다. 아, 너무 귀엽다. 어떻게 생명체가 이렇게 귀여울 수가 있지?

작업을 하고 있으면 마루는 책상에 올려달라고 앙앙거린다.
올려주고 몇 분이 지나면 책상을 발라당 하고 점령해버린다.

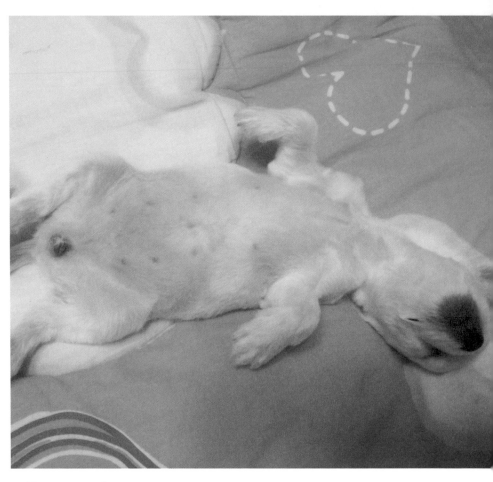

언제부터 마루가 발라당했을까?
궁금해서 찾아보니….

아! 우리 집에 오자마자 이러고 잤구나!!

누가 아기 강아지만 하는 자세라고 했어요? 몇 년이 지나 성견이 된 마루는 지금도 늘 발라당이다. 인스타그램에서 많이들 좋아하시는 마루의 발라당은 우리 가족한테는 너무나도 익숙하고 평범한 상황이라, 가족들은 이제 별 반응도 없다.

이렇게 글을 쓰고 있는 지금 이 순간에도 마루는 내 옆에서 발라당한 채로 세상 편하게 누워있다. 익숙한 모습일지라도, 볼 때마다 귀엽고 너무 사랑스럽다.

앗, 방금 눈을 가렸던 두 손으로 쭈욱 기지개를 한 다음 허공에서 두 손이 대롱대롱한다.

너무 귀엽다…. 우리 강아지….

마루의 특이한 잠자는 자세에 대해 많은 분들은 이렇게 말씀하신다.

"세상 걱정 하나도 없고 편안한 아이들이 이렇게 자는 거래요."
"자기중심적이고, 자신감이 넘치는 아이들이 이러는 거예요."

이런 이야기를 들을 때마다 우리 마루 남은 견생을 맘 편하게 걱정 없이
발라당 할 수 있도록 해줘야겠다 싶다.

마루야!

언니들, 엄마, 아빠가 우리 마루 평생 걱정 없이 발라당 할 수 있도록 노력할게.

우리 마루는 계속 편하게 자기만 하면 돼!

우리 마루는요

마루는 눈빛이 예사롭지 않은 강아지다. 내가 봐왔던 강아지들의 눈빛은 순하고 바보 같은 눈빛이거나, 무섭고 강렬하며 날카로운 눈빛이었는데 마루의 눈빛은 순한데 강렬하다. 음…. 그러니까, 까만 동공만 보면 굉장히 순한데! 흰자와 눈썹이 아주 강렬하다. 정말 매력 넘치고 예사롭지 않은 우리 강아지다.

마루는 의사 표현이 확실하다. 뭘 달라! 뭘 치워라! 어딜 가자! 너 맘에 안 든다! 너 좋다! 나 지금 화났다! 신난다! 이렇게 의사 표현이 확실한 강아지가 또 있나 싶다. 하나도 안 무서운 목소리로 "앙앙!!!" 거리면서 하고 싶은 말을 하는데, 눈 흰자와 세모 눈썹이 더해져 더욱 확실하게 의사를 표현한다. 참으로 똑 부러진 우리 강아지다.

마루는 이중인격 강아지다. 우리 가족한테는 표정도 행동도 참 시크하고 도도한데, 처음 보는 낯선 사람 앞에서는 애교가 철철 흐르는 강아지가 된다. 제일 행복해 보일 때가 처음 보는 사람들을 만났을 때. 처음 보는 사람이 자기를 너무너무 귀여워해 줄 때. 산책을 하다가 자기를 귀여워하는 사람을 만나면 그 곳이 흙이든, 풀이든, 물이 고여 있든 일단 발라당 하고 눕고 본다. 사랑받는 걸 너무 좋아하는 사랑스러운 관종 강아지다.

마루는 되게 세다! 자기가 무슨 중, 대형견은 되는 줄 아나 보다. 다른 큰 강아지들 앞에서 겁먹은 적도 없고, 밖에서 이상한 소리가 나도 씩씩한 표정으로 나가 상황을 살핀다. (천둥, 번개는 세상에서 제일로 무서워한다.) 역시 용감하고 씩씩한 우리 강아지다.

강렬한 눈빛의 매력이 넘치는, 똑 부러지게 하고 싶은 말다하고, 사랑스러운 관종에, 용감하고 씩씩한 우리 마루. 이런 마루는 우리 집에서 제일 소중하고 사랑스러운 보물이다. 센 척 용감한 척해도 평생 지켜주고 사랑해줄 소중한 우리 집 막내 동생이다.

마루야 죽으면 안 돼

사랑스러운 우리 강아지. 마루를 데려오고부터 다른 건 손에 잡히질 않는다. 마루를 보고 있으면 아무것도 못하게 된다. 응아가 묻어 빡빡 밀어 까까머리가 된 털, 강렬하지만 작은 눈, 까만 코, 핑크색 귀, 작은 이빨, 잇몸의 얼룩덜룩한 무늬, 몸에 비해 참 짧은 다리, 끝 부분이 살짝 흰 꼬리까지 안 귀여운 구석이 하나도 없다.

마루가 오고서 우리 가족이 거실에 있는 일이 많아졌다. 웃음소리가 들리는 한가운데는 늘 마루가 있다. 아빠의 퇴근이 빨라졌고, 모두 함께 마루와 산책을 나가 같이 걷는 일도 많아졌다. 그렇게 마루는 우리 집에 웃음과 행복을 주며 우리 집 찐 사랑둥이 막내 동생이 되어갔다.

밤이 되어 잠을 잘 때 혹시나 작은 마루가 침대에서 떨어질까 봐, 아니면 자다가 내가 작은 마루를 깔고 누울까 봐 바닥에 방석을 깔아 자게끔 했다. 마루는 낮에는 잘 자고, 잘 놀았는데 항상 밤만 되면 칭얼거리고 끙끙거렸다. 혼자 바닥에서 자서 무서워서 그런가? 침대에 이상하게 누워 팔 한쪽만 바닥으로 늘어뜨려 놓고 마루를 만지면서 자는 게 내 일상이 되었다.

여느 때처럼 마루를 쓰다듬으면서 자려고 자리를 잡았다. 오늘따라 마루가 정말 예쁘게 잔다. 쌔근쌔근 소리를 내며 발라당 누워서 칭얼거리지도 않고 잘 잔다. 그런 마루를 보고 있자니, 갑자기 나도 모르게 눈물이 났다.

'이렇게나 소중하고 또 소중한 마루인데, 나중에 마루가 죽으면 어쩌지?'

이제 3개월도 안 된 아기를 보면서, 벌써 쓸데없는 걱정을 하며 울고 있다니…. 문득 갑자기 우리 곁을 떠난 까미 생각이 났나 보다. 우리 마루는 무슨 일이 있어도 오래오래 곁에서 지켜주고 사랑해줘야겠다고 다짐했다. 마루야 아프지만 말아줘. 아프지 말고 오래오래 함께해줘. 쿨쿨 자는 마루한테 이야기하고 청승맞게 흘린 눈물을 쓰윽 닦고 잠자리에 누웠다.

반려동물을 키워보지 못한 사람들은 이해를 못 하겠지만, 한 번이라도 소중한 아이들과 함께했던 소중한 추억이 있는 사람들이라면 누구나 공감할 것이다. 내 목숨보다 소중한 우리 아이들. 이렇게 소중하고 사랑스러운 아이들은 왜 사람처럼 오래오래 함께하지 못하는 걸까? 나는 가끔, 특히나 아이들이 아플 때마다 이런 생각을 하곤 한다. 내 목숨을 몇 년이라도 나눠줄 수만 있다면, 그렇게 해서 함께하는 시간을 늘릴 수만 있다면, 몇 년이고 충분히 나눠주고 싶다. 엄마한테 이런 이야기를 하면 쓸데없는 소리 말고 한 번이라도 더 예뻐 해주라신다. 맞는 말이다. 그저 바람일 뿐, 말도 안 되는 소리. 함께 있는 시간 동안 한 번이라도 더 눈을 맞추고, 한 번이라도 더 사랑한다고 말해주고, 한 번이라도 더 만져주고 안아주고, 한 번이라도 더 산책 나가서 뛰어노는 게 내가 해줄 수 있는 전부다. 그렇게 남은 시간 최대한 행복하게 해주며, 마루와 함께해야겠다.

쪼꼬미 1살 시절, 콩알만한 아가 똥마루
눈도 작고 코도 작고,,, 귀만 컸었구나?

강아지가 처음이라 미안해

마루는 한 달에 한 번 심장사상충약을 먹는다. 오늘도 병원에서 처방받아 온 약을 마루한테 줘야 하는데 너무 싫은지 거부한다. 엄마께서 병원에서 배운 대로 혀 안쪽에 알약을 넣어주고 꾸욱 삼키게 해주셨다. 몇 시간이 흘렀을까. 집에는 나와 마루뿐. 응? 오늘따라 마루가 너무 조용하다. 아침 산책을 오래해서 그런가? 대수롭지 않게 내 할 일을 하는데, 마루가 커튼 뒤에 숨어서 햇살을 받으며 앉아있었다. 그 모습이 너무 귀여워서 사진을 찍으려고 다가갔는데, 마루 눈이 이상하다.

원래 뜨던 눈의 반도 못 뜬 채 힘없이 앉아있었다. 너무 놀라 마루를 살피는데 몸이 차갑고 금방이라도 쓰러질 듯 비틀거렸다. 처음 겪는 상황에 너무 놀라 엄마한테 전화를 거는데 내 방과 화장실 군데군데 아주 많은 양의 토가 보였다. 속이 안 좋은 건가...? 엄마가 전화를 받으셨고, 상황을 말씀드렸다. 옆에 있던 엄마 친구분이 귀랑 잇몸을 보라고 하셔서 황급히 마루의 귀와 잇몸을 보는데, 원래였으면 핑크빛이 돌아야 하는 귀와 잇몸이 하얗게 변해있었다. 너무나도 창백했다. 전화 너머로 친구분께서는 지금 당장 병원으로 가라고 하셨다. 아, 이거 심각한 상황이구나…. 심장이 뛰고 손은 떨리고 그 와중에 마루는 점점 눈이 감기고, 급하게 마루를 안고 택시 정류장으로 뛰었다.

급하게 나온 지라 마루 가방도 못 챙기고 나왔다. 택시를 잡고 기사님께 울먹이며 '강아지가 너무 아파요. 강아지 가방도 없고 아무것도 없는데 한 번만 태워주시면 안될까요?'라고 말했다. 다행히도 기사님께서는 빨리 타라며 제일 가까운 동물병원으로 가주셨다. 가는 내내 마루는 점점 차가워졌고, 눈은 거의 감겼다. 계속 마루야, 마루야! 이름을 부르며 몸 여기저기를 꾹꾹 눌러주고 만져주고 마사지를 해줬다. 그렇게 병원에 도착했다.

병원에 도착해 검사를 하고 결과를 들었다. 약을 잘 못 삼켜 토가 계속 나왔는데, 무리하게 토를 하다 심장에 잠깐 쇼크가 왔던 것이라고 하셨다. 잠깐 심장 기능에 이상이 있었고, 지금은 괜찮지만 간 수치의 변화 때문에 입원하며 상태를 지켜보자고, 혼자 있었으면 자칫 위험했을 수도 있다고 말씀하셨다.

그러면서 마루같이 주사를 맞고 치료를 받아도 꾹 참는 애 어른 같은 성격의 강아지들은 아파도 큰 티를 안 내기 때문에 작은 행동의 변화, 건강의 변화 하나하나 견주가 잘 지켜봐야 한다고 하셨다.

무턱대고 마루를 데려왔을 뿐이지, 막상 강아지가 가장 주인이 필요한 이런 위급한 상황에 대해 아는 게 없다는 생각에 죄책감이 들었다. 마루를 좀 더 잘 지켜보고, 미리 알아차리고, 심장에 이상이 있었을 때 긴급 조치를 취할 수 있었더라면 이렇게까지 마루가 아프진 않았을 텐데…. 입원실에 힘없이 누워있는 마루한테 너무나도 미안했다.

움직이면 안된다고 해서 아빠가 함께 갇혔어요

마루와 함께하며 얻은 것 〉 잃은 것

마루는 다행히도 빠르게 회복했고, 잘 퇴원해서 집으로 돌아왔다. 나는 강아지 카페에 가입해 모르는 것들 하나하나 검색하며 공부를 하기 시작했고 엄마는 어디선가 '강아지 처음 키울 때 보는 책'을 가져와 열심히 읽으셨다. 그렇게 늦은 공부를 통해 마루와 함께하기 위한 늦은 준비(?)를 시작했고, 우리 집에도 다시 평화가 찾아왔다.

그런데, 강아지를 키우기 이전에는 알지 못했던 점들이 하나둘씩 보이기 시작했다. 우리 집은 가족 해외여행을 종종 가는데, 마루가 오고부터 해외여행은 물론 국내여행 계획도 못 잡고 있다. 여행은 물론 잠시라도 집을 비우고 외출하는 것도 힘들다. 약속이 없으면 집 밖으로 잘 안 나가는 집순이인 내가 하루에 한 번 이상은 산책을 나가야 된다. 또, 마루에게 드는 돈이 어마어마하다. 사료값, 간식값, 배변패드 값 등등 생필품을 구매하는데 드는 비용, 그리고 정기적으로 마루가 병원에 가거나 아파서 병원에 갈 때 드는 비용 또한 어마어마하다.

그렇지만! 아름다운 우리나라를 두고 꼭 가족 해외여행을 가야 하나? 마루 데리고 국내여행 신나게 가면 되지! 요즘은 애견 동반 여행을 위한 많은 것들이 갖춰져 있다. 애견 동반펜션, 애견동반식당, 카페 등등. 마루가 오고서 우리 가족 다섯이 가는 여행은 더 행복해졌다. 그리고 마루 덕분에 집순이인 내가 하루에 한 번 이상 상쾌한 공기를 마시며 산책을 하게 되었다. 정신도 맑아지고 건강해지는 기분이다. 고마워 마루야!

또 뭐랄까…. 쓸데없는 소비가 줄어들게 되었다. 이전엔 갖고 싶은 것은 무조건 손에 넣어야만 했던 내가 이제는 마루 간식 먼저! 마루 예쁜 옷 먼저! 마루 밥 먼저! 마루가 우선이 되어 고맙게도 불필요한 소비를 줄일 수 있게 되었다. 이것도 고마워 마루야…!

그리고 강아지를 무서워하던 친구들이 마루 덕분에 강아지를 가까이할 수 있게 되었다. 손님이면 무조건 좋아하는 마루를 보며 용기를 얻어 강아지를 만질 수 있게 된 친구들이 늘어났다. 강아지 사랑 전도사 대단한 우리 마루!

이뿐만이 아니다. 마루를 가만히 들여다보고 있으면 말로 표현할 수 없을 만큼 큰 사랑과 위로를 받는다. 마루는 사람을 많이 째려보긴 하는데, 분명 그 눈동자 안에는 애정이 담겨있다. 분명하다! 그 째려보는 눈동자도 몸짓도 너무너무 사랑스럽다. 강아지를 데려오면서 평범했던 일상 속에서 잃은 점도 분명 많겠지만, 확실한 건 마루를 통해 얻게 된 것들이 훨씬 많다는 것이다. 그런 행복을 느끼게 해준 마루에게 늘 고맙고, 나도 우리 가족도 마루에게 받은 행복을 마루에게 그대로, 아니 더 크게 느끼게 해주고 싶다.

사랑해 소중한 우리 마루.

엄마를 제일 좋아하는 마루는 엄마바라기다!
심지어 멸치똥 따는 것 까지 참견 할 정도니...!

똥마루가 똥마루가 된 이유

마루는 너무 귀여운 버릇이 있다. 응아(똥)을 눌 때, 몸을 둥글게 말고 늘 사람 쪽을 쳐다본다. 어디선가 들었는데 응아를 눌 때만큼은 자기방어를 할 수 없어서, "언니! 나 응아 싸는 동안 지켜줘야 해?" 라며 쳐다보는 거란다. 이유마저 너무 귀엽다….

어느 날은 마루가 응아를 하고서 되게 의기소침해져 있었다. 구석으로 가서 턱을 괴고, 슬픈 표정으로 "꾸웅 꾸웅 으응으응" 소리를 내며 울었다. 왜 그러지? 어디가 아픈 건가? 걱정되는 마음에 들여다보면, 분명 아픈 것은 아니다. 그때, 마루의 엉덩이 쪽에서 구수한 향기가 느껴졌다. 어머나, 응아였다. 마루의 응아 한 덩어리가 엉덩이 털에 붙어서 '나 요기 있어용~' 하며 얄밉게 달랑달랑 거리고 있었다. 그 똥 덩어리가 마루의 쪼그마한 엉덩이를 꽉 잡고 있었으니 얼마나 기분이 안 좋았을까…! 재빠르게 응아를 제거해주고 마루를 자유롭게 해줬다. 자기가 스스로 해결할 수 없었던 부분을 해결해준 게 고마운지 와서 시크한 뽀뽀를 날리고 총총총 사라졌다. 그때부터였다. 똥마루가 똥마루가 된 것이!

과연 어렸을 때만 이랬던 것일까요? 마루가 어른이 된 지금도 여전하다.

응아 한 덩이씩 엉덩이에 달고 다니며, 이제는 직접 내 앞으로 와서 떼어달

라고 쳐다본다. (우린 이제 말 안 해도 응아 붙었는지 아는 사이!) 제거해주

면 고맙다는 시크한 뽀뽀를 날리는 건 예나 지금이나 똑같다.

마루야! 앞으로 응아를 엉덩이에 만날 달고 다녀도 괜찮고,

언니가 자느라 밤새 안떼어줬다고 화나서 카페트에서 똥꼬스키타도 괜찮아.

오동통통똥똥똥마루로 오래오래 우리 옆에 있어줘.

종종 엉덩이에 응아를 달고 다니는 똥마루….
종종 침대에 친절하게 발라주기도 한다.

그런 똥마루를 보고 해맑게 비웃어주는 호두

02

만나서 반가워 호두야

불쌍한 강아지네

　마루가 우리 가족이 되고서 종종 들여다보는 강아지 카페가 있다. 처음 마루를 데려오고 강아지에 대한 아무런 지식이 없었기에 "저희 강아지가 이상하게 자요 ㅠㅠ", "저희 강아지가 자꾸 똥을 달고 다녀요 ㅠㅠ" 부터 "강아지가 잠만 자요" 등등 별거 아닌 걱정들을 글로 쓰면 너도나도 댓글로 진지하게 친절하게 알려주셨던 강아지 카페!

여느 때처럼 카페에서 올라오는 글들을 보고 있는데, 한 게시글이 눈에 들어왔다. "잡종 아기 강아지 입양처 찾아요."라는 제목의 게시글이었다. '쯧쯧, 또 누가 강아지 유기 했나?' 생각하며 게시글을 클릭했다. 아주 작은 시고르자브종의 귀여운 아기 강아지 사진이 먼저 눈에 띄었다. 너무 너무 귀엽고 너무 너무 작았다. 그런데, 사진을 자세히 보니 아기 강아지의 한쪽 눈이 이상했다. 오른쪽 눈에 비해 왼쪽 눈이 유난히 뿌옇고 컸으며, 한눈에 봐도 이상해 보였다. '아유, 유기견인데 눈도 다치고, 참 불쌍하다. 좋은 가족 만났으면 좋겠네….' 라고 생각하며 컴퓨터를 끄고 내 할 일을 했다.

그렇게 밤이 되었다. 자려고 누웠는데 아침에 봤던 그 강아지가 계속 생각났다. 다시 카페에 접속하여 게시글을 보는데, 많은 사람들이 그 글을 보았지만 댓글 하나가 없었다. 아무도 관심을 갖지 않았던 것이다. 나도 마찬가지였다. '믹스견은 입양도 잘 안 될 텐데, 심지어 건강한 아이도 아니고 눈도 다쳤는데, 이 아이는 입양이 힘들겠구나…. '이런 아이들은 대부분 안락사 된다는데….' 하는 안타까운 마음뿐, 선뜻 어떠한 댓글을 쓸 수가 없었다. 솔직한 심정으로, 안 그래도 바쁜데 맘 쓰이게 이 게시글을 괜히 봤다 싶었다. 불쌍해도 내가 뭐 어쩌겠냐. 자꾸 드는 생각을 애써 지우려 하며, 무겁고 안타까운 마음으로 옆에 누워있는 마루를 안고 잠에 들었다.

강아지 카페에서 처음 보고 마음을
뺏겼던 호두의 사진이다.
분명 처음 본 강아지인데,
왜 그렇게 마음이 갔던 걸까?

내 인생 최초 최고의 미친 짓

부모님께서 해외여행을 가셨다. 동생과 나 그리고 마루는 셋이서 집을 지키며 우리만의 휴가를 누리고 있었다. 부모님이 안 계시니 온 집안에 이불을 펴고 마루랑 셋이 뒹굴뒹굴 걱정이 없이 쉬고 있었다. 그러던 와중, 며칠 전 보았던 강아지 카페의 그 아기 강아지가 떠올랐다. 사실 그 게시물을 본 이후 생각을 안 하려고 해도 머릿속을 떠난 적이 없었다.

동생에게 그 강아지 사진을 보여주고 그냥 지나가는 말로 슬쩍 "엄마 아빠 안 계실 때, 얘 우리가 데려와 버릴까?" 라고 말했다. 동생에게서 돌아온 말은 "언니 미쳤어? 말이 되는 소리를 해!"였다. 맞다. 진짜 말도 안 되는 미친 소리였다. 부모님 몰래 강아지를 데려올 생각을 하다니….

어릴 때부터 20대 후반이 된 지금까지 나는 착한 딸이었다. 부모님 말씀이면 무조건 예! 하고 들었으며, 거짓말도 말썽도 피우지 않았다.

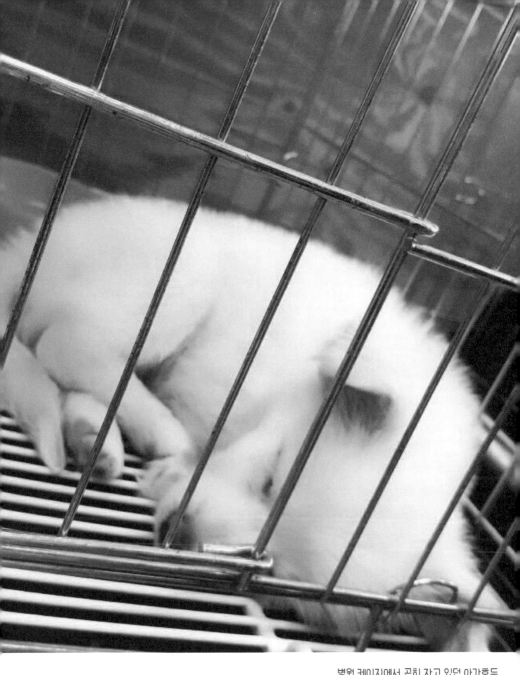

병원 케이지에서 곤히 자고 있던 아가호두
핑크색 뒷 발바닥이 왜 이렇게 귀여운지….

그랬던 내가 내 인생 최고의 미친 짓을 계획하고 있다. 부모님이 안 계실 때, 그 강아지를 데려오는 일. 얘는 내가 아니면 데려갈 사람이 없겠구나 싶었으며 보자마자 계속 신경 쓰였고 생각을 안 하려 해도 자꾸 입양자가 나타났는지 확인하게 되었다. 안되겠다. 아가야, 조금만 기다려. 언니가 너 데려와야겠다! 마음먹으면 무조건 해버리는 나는 이 미친 짓을 계획하고 함께할 멤버를 구성했다.

나, 현지, 현나 언니(사촌언니), 보경이(사촌동생) 이렇게 비밀스러운 이 계획의 멤버가 구성되었다. 멤버는 무슨, 부모님이 한국에 오시고 혼날 때 같이 혼날 사람을 찾은 것이었다. 구조자분께 미리 연락을 드리고 다 같이 차를 타고 아기 강아지를 보호해주고 있는 병원으로 향했다. 도착해서 구조자분을 만나서 함께 병원으로 들어갔더니 아기 강아지가 케이지에서 곤히 자고 있었다.

내가 생각했던 것보다 훨씬 더 작았다. 의사 선생님께서 아기 강아지를 꺼내서 내 품에 안겨 주셨다. 그렇게 나는 호두를 처음 만났다.

첫인상은 일단, 윽. 냄새가 났다. 대충 맡아도 알겠다. 길거리 생활 냄새. 꾸리꾸리하면서 구수하고 따뜻한 쓰레기 냄새가 났다. 그리고 너무 너무 가벼웠다. 또, 나를 언제 봤다고 자꾸 내 품에 파고들었다. 아주 작고 뾰족한 발톱으로 내 니트를 파고들며 자꾸만 안겼다. 예방 접종을 맞아야 하는데 자꾸 파고들고 나에게서 떨어지려고 하지 않았다. 이때부터였나? 지금도 우리 엄마가 호두를 부르는 별명! "은지 껌딱지" 그렇게 작고 귀여운 내 껌딱지를 처음 만났다.

호두를 데리고 집으로 돌아오는 길
앞으로 얼마나 큰 시련들이 닥칠지 그 누구도 알지 못했다.

안녕? 대청이가 될 뻔 한 호두야

접종을 하고 간단한 검사도 하고, 보호해 주셨던 병원의 의사 선생님께 눈의 상태를 여쭤봤다. 눈은 큰 문제가 없고 금방 나을 수 있다고 하셨다. 안압을 낮추는 치료와 함께, 염증 약을 계속 넣어주면 많이 좋아질 거라고 하셨다. 정말 다행이었다. 구조자분과 병원 분들께 인사를 하고 아기 강아지와 우리는 집으로 향했다.

"근데 얘 이름은 뭐로 해?" 뒷좌석에 탄 현지와 보경이가 물었다. 맞다. 아직 이름도 안 정했지? 우리 중 젤 연장자인 현나언니가 마루랑 이어지는 이름으로 정하자는 아이디어를 던졌다.

집 가는 내내 별의 별 단어가 다 나왔다. 체리마루, 호두마루, 대청마루, 마룻바닥, 마루샤브, 피자마루, 치킨마루 등등. 뒷좌석에 탄 아기 강아지는 자기 이름 짓느라 열띤 토론이 이어지는 와중에 참 편하게도 자고 있다.

일단 샤브, 피자, 치킨 같은 음식은 좀 그런 것 같아 후보에서 제외! 마룻바닥도 어감이 좀 그렇다. 체리? 음…. 딱 봐도 구수한 생김새인 시고르자브종의 이 강아진데 체리랑 어울리진 않아!

그렇게 하나둘 탈락이 됐고, 최종 후보로 대청마루와 호두마루가 남았다.

투표결과 2:2.

"언니, 근데 얘 호두마루 아이스크림 색이랑 털색이 똑같은 거 같아!"

뒷좌석에서 들려온 동생의 말에 "그래! 호두로 하자!"라고 말했고 아기강아지의 이름은 호두로 결정되었다.

넌 이제부터 호두야! 반가워 호두야.

호두마루 첫 만남

부모님 몰래 이런 미친 짓을 벌이다니. 이제 서야 걱정이 되고 불안했지만, 더 걱정되는 것은 평소에 강아지를 별로 좋아하지 않던 마루의 반응이었다. 집에 도착해서 현나언니와 보경이가 마루의 시선을 끌었고 현지가 호두를 데리고 마루 몰래 방으로 들어간 사이에 재빠르게 호두를 넣어둘 울타리를 만들었다. 호두를 데려오기 전에 성공적인 강아지 첫 만남에 대해 계속 검색하고 공부했었다. 처음부터 직접 만나게 하지 말고, 울타리를 쳐서 천천히 냄새를 맡고 다가가도록 해야 한다고 했다.

자! 오케이! 드디어 준비가 되었고 호두를 울타리에 넣었다. 두근두근, 그렇게 호두마루가 처음 만났다.

"야 쪼꼬미! 너 누군데 우리 집에 왔니? 여기 내 구역이야. 누구니 너?"

킁킁킁

"여긴 어디 난 누구...? 뭐야, 뭐야. 이 하얗고 향기 나는 언니는 누구지?"

킁킁킁

마루일기

| 2016 년 8 월 6 일 토요일 | 날씨 : 개더움 |

눈은또 왜저래??

쟤는 언제 가?!
냄새두 나고

제목 : 하.. 이상한애가 왔다

	언	니	들	이		이	상	한		더	러
운	애	랑		같	이	왔	다	.	내	가	
마	루	라	서		걔	보	고	는		호	두
란	다	.	어	이	가	업	다	..	참	나	..
누	가		동	생		필	요	하	댓	나	?
쟤	는		근	데		지	네	집	에		언
제		가	는	거	야	?		냄	새	나	고
	정	말		시	러	!	!	!			

호두일기

2016년 8월 6일 토요일   날씨 : 따듯해

제목 : 여기가 어디지?

	어	떤		사	람	들	이		나	를	안
꼬		어	디	론	가	왓	따	.		우	왕
되	게		따	뜻	하	다	.	어	떤	언	니
도		잇	는	대	,	우	왕	..	진	짜	하
야	고	이	뿌	당	!	근	데		왜	자	꾸
째	려	보	지	?	우	섭	긴	한	대		착
한	언	니	갓	다	.	그	나	저	나		여
긴		어	디	?	나	는	누	구	?		

똥망한 첫인상

망했다. 분명 첫인상이 제일 중요하고, 조심스럽게 만나야 한다고 들었는데, 울타리를 만든 시간 10분. 호두가 울타리를 넘은 시간 10초ㅎㅎ 이렇게나 당황한 마루의 표정은 처음 봤다. 그래, 길거리 출신이 뭔 매너를 알겠나.... 호두는 바로 마루한테 돌진했고, 마루가 화를 냈다.

호두는 집안 여기저기 오줌똥을 싸며 돌아다녔고, 마루는 눈에 분노가 가득했다. 우리 마루.... 가끔 화나면 무섭게 째려보긴 했는데, 그건 애교였나 보다. 강아지가 이렇게나 째려보는 건 또 처음 봤다. 아주 그냥 짖고 화내고 난리가 났다.

어? 근데 이상하다. 설상가상으로 호두의 왼쪽 눈이 더 부은 것 같다. 눈물이 갑자기 더 많이 나고 눈을 껌뻑껌뻑 거리며 잘 뜨지도 못하는 것 같다.

적출이요?

급하게 호두를 데리고 원래 마루가 다니던 병원에 가보았다. 의사 선생님께 이전 병원에서 설명해주신 눈의 상태를 말씀드렸다. 의사 선생님은 붕대로 아무 이상이 없는 오른쪽 눈을 가리셨다. 그리곤 호두를 바닥에 내려놓으라고 하셨다. 영문도 모른 채 호두를 바닥에 내려놓았다.

호두는 한 발자국도 움직이질 못했다. 작은 호두가 바닥에 주저앉아 벌벌 떨고 있었다. 눈물을 꾹 참고 "호두야 이리와!"하고 불렀다. 내가 부르는 소리에 호두는 몇 발자국을 떼고 걸어보려 했지만 이상한 곳으로 향했다. 앞이 보이지 않는 것이었다. 정밀 검사가 필요하다고 하셨다.

"앞이 전혀 보이지 않는 상태입니다."

의사 선생님은 작고 세밀한 무언가에 찔려 눈에 염증이 생겼고, 제때 치료가 되지 않아 눈 안의 구조물이 아예 망가져 버렸다고 했다. 그러면서 호두가 아주 많이 아플 거라고 했다. 답은 하나란다. "수술 가능한 나이가 되면, 안구 적출 수술을 해야 합니다."

병원을 나와 지푸라기라도 잡는 심정으로 다른 병원들도 가보았다. 하지만 다 대답은 똑같았다. 차라리 가보지 말걸…. 괜한 말을 들었다. 한 병원에서는 "이거 누가 찔렀나 본데?" "아, 뭐 추측일 뿐이에요." 라는 말을 들었다.

너 도대체 무슨 일이 있었던 거니?

머리가 하얘졌다.

눈이 아파서 매일 눈물을 흘렸던 호두.
눈 주변은 항상 짙은 갈색이었고, 냄새가 났었다.

호두야 무슨 일이 있었던 거야?

호두를 데리고 집으로 왔고 태어나서 처음 받아 본 진료에 호두도 당황해 보였더. 호두를 맡아주셨던 병원에서는 분명 치료로 나아질 거라고 했는데…. 어쩌지…. 안쓰럽고 불쌍한 마음이 들면서 솔직히 자신이 없었다. 오늘 처음 본 이 아이를, 눈이 다쳐 안구를 적출해야 한다는 이 아이를 내가 평생 책임질 수 있을까? 너무 생각 없이 데려온 건 아닐까. 계획 없이 내 맘대로 무턱대고 데려온 건 아닐까. 온갖 생각에 머리가 복잡해지는데 호두가 안 보였다. 병원에서 많이 무서웠나 보다.

어디론가 숨은 것 같은데 너무나도 작아서 보이질 않았다. 한참을 찾다 세탁실에 가보니 차가운 바닥 구석에 누워있었다.

"호두야 거기서 뭐해…?"

쓰윽 한 번 쳐다보더니 다시 엎드린다. 그런 호두를 보고 말했다.

"넌 도대체 어디서 왔어? 너 가족들은 어디 있고, 눈은 어쩌다가 그렇게 된 거야?"

나를 다시 쓰윽 쳐다보더니 또다시 엎드린다. 호두를 안아 다친 눈을 처음으로 자세히 들여다보았다. 솔직히 말하면 너무나도 징그러웠다. 정상 눈보다 2배는 크고, 안구 표면이 뿌옇고 울퉁불퉁하고, 가운데 부분은 뾰족한 무언가에 찔린 듯 날카로운 상처가 나있었다. 그런 눈이 얼마나 아팠는지 계속해서 눈물을 흘린 탓에 눈 주변은 갈색으로 오염되어 있었다. 아까 다른 병원에서 의사 선생님이 했던 말이 떠올랐다. '확실한 건 아니긴 한데, 상처가 너무 세밀한 걸 보니 누가 찌른 것 같기도 하고….' 이 작은 것이 그런 끔직한 일을 당하지는 않았을 거야. 들었던 말을 부정하며 호두를 다시 거실로 데려왔다.

'버려진 유기견을 데려온 좋은 일을 한 거야.'
'난 착한 일을 한 좋은 사람이야.'

대책 없는 나의 행동에 대해 자기 합리화를 하는 나.

괜찮아 다 잘 해결되겠지.

근데 왜 점점 자신이 없어지는 걸까?

매일 화장실에서 가서 자던 호두.
그 당시엔 더워서 그랬나? 싶었는데 지금의 호두는 더위를 전혀 타지 않는 걸 보니
참 많이 어렵고 어색해서 자리를 피했었나 보다.

화장실 문이 닫혀 있으면 소파 밑으로 들어가곤 했다.
우리 호두 많이 힘들었구나….

마루야 미안해

호두를 함께 데려온 현나언니와 보경이가 집으로 돌아갔고 이제 우리 집엔 나, 동생, 마루 그리고 호두만 남아있다. 병원에 다녀온 이후로 동생과 나는 냉전 상태다. 부모님과 상의도 없이 나 혼자 결정을 내린 후 호두를 데려왔기에 동생은 계속 언짢은 상태였다. 심지어 병원에서는 안구 적출 수술을 해야 한단다. "언니 어쩔 건데. 엄마 아빠 몰래 데려온 것도 문제인데, 눈 수술해서 한쪽 눈으로 살아야 하는 아픈 애라니…." 이제 서야 현실에 돌아온 듯 생각이 점점 많아졌고 그렇게 저녁이 되었다.

호두가 오고 마루와 호두의 첫인상이 좋지는 않았지만, 생각보다 마루가 싫어하지는 않았었다. 그런데 현나언니와 보경이가 가고 저녁이 되니 상황이 달라졌다. 마루는 호두가 그냥 잠깐 놀러 우리 집에 온 강아지인 줄 알았었나 보다. 언니들이 돌아가고 저녁이 되어도 호두가 계속 있으니 '어? 얘 왜 안 가지?' 싶었다 보다.

목욕이 싫어 평소에 잘 들어가지도 않던 화장실에 들어가서 마루가 나

오질 않는다. '끄으응 끼잉 아웅' 마루를 키우면서 처음 들어보는 이상한 소

리를 내며 운다. 마루가 엎드려 있는 화장실에서 데리고 거실로 나오면 곧

바로 다시 들어가 울고 있다. 마루의 눈가는 완전히 젖어있었고 '강아지도

이렇게 울 수 있구나….'싶을 정도로 마루는 한참을 울었다.

바스락 소리만 나면 환장하는 간식을 줘도 먹지도 않는다. 밥도 간식도 물도 먹지 않고 몇 시간째 계속해서 화장실에서 울기만 한다. 다사다난했던 하루에 피곤한지, 마루 울음의 원인인 호두는 소파 밑에 들어가서 쌔근쌔근 잘 자고 있는데, 우리 집 소중한 마루는 화장실에서 몇 시간째 울며 힘들어하고 있다.

이건 아니다 싶었다. 호두를 보고 데려오기로 마음먹고 데려오면서까지 마루 생각은 하질 못했다. 아니, 하지 않았다. 평소 강아지를 별로 좋아하지 않았던 마루의 성향은 전혀 생각도 하지 않았다. 데려오면 마루는 어떤 반응일까? '뭐 싫어하진 않겠지.' 내 멋대로 생각하고 판단해 저지른 일일 뿐, 마루의 입장에서의 선택권 그리고 마루에 대한 배려는 그 어디에도 없었다.

마루를 데리고 간식을 조금 챙겨 밖으로 산책을 나왔다. 밖에 나오니 조금 마음이 풀렸나 보다. 마루가 하자는 대로 해줘야지. 마루가 가자는 곳으로 가고 마루가 하고 싶은 대로 놔두었다. 간식도 먹고 물도 마시면서 몇 시간 동안 산책을 하고 다시 집으로 들어가야 하는데, 들어가면 또 어떨지…. 막상 들어가지 못하고 걱정하며 벤치에 앉아 있다가 마루와 눈이 마주쳤다. 너무 미안했다. 이 세상에서 제일 소중하고 또 소중한 우리 집 막내 동생 마루인데, 이렇게 힘들어하는 모습은 처음이다. 너무나도 미안하고 불쌍한 마음에 마루를 안자 눈물이 터져버렸다. 내 행동에 대한 후회인지, 마루에 대한 미안함인지, 앞으로 다가올 일들에 대한 막막함인지….

'마루야 미안해…. 언니가 정말 미안해.

너 생각 안하고 언니 마음대로 해서 정말 미안해….'

알아들은 건지 끔뻑끔뻑 쳐다보는 마루를 안고 집으로 돌아왔다.

동생 방에 마루가 따로 먹을 물, 사료 그리고 배변패드를 깔아주고 동생에게 마루랑 같이 자라며 방문을 닫았다. 낯선 환경에 불안한지, 불러도 나오지 않고 소파 밑에 들어가서 자고 있는 호두를 보고 어떻게 해야 할지 고민하다 호두가 누워있는 소파 앞에 이불을 펴고 잘 준비를 했다. 그렇게 아주 길었던 힘들었던 하루가 흘렀고, 호두마루와의 첫 밤이 되었다.

넌 누구니? 엄마 아빠가 오셨어요

마루는 여전히 호두를 싫어한다. 다행히 밥은 먹긴 하는데 동생 방에서 문을 닫고 사료를 먹여줘야 그나마 먹고, 방 밖으로 나오면 여전히 화장실에 들어가 있는다. 동생과 번갈아가며 마루를 데리고 계속 밖으로 나갔다. 둘이 어떻게 친해져야 하지? 이를 해결하고, 방법을 생각할 겨를도 없다. 마루가 너무나도 힘들어하는 모습에 미안하고 마음이 아파, 최대한 호두와 멀리 있도록 했다.

그렇게 몇 달 같은 이틀이 지났고, 여행을 가셨던 엄마 아빠께서 돌아오시는 날이다. 엄마 아빠도 이해하실 거라고 걱정 말라며 내가 책임진다며 동생에게 큰 소리 뻥뻥 쳤던 나지만, 사실 제일 두려워하고 무서운 날이다. 최대한 집을 깨끗하게 청소하고 똥오줌을 못 가리는 호두가 엉망진창으로 만들어놓은 이불을 빨고, 바닥 물청소를 하고 부모님을 기다렸다.

삑삑삑삑삑 띠리링.

엄마 아빠가 돌아오셨다. 마루는 현관으로 뛰어나갔고 "마루! 엄마 왔
다!" 반갑고도 무서운 엄마의 목소리가 들리고 호두가 현관을 향했다.

엄마 아빠가 집으로 들어오셨고 드디어 호두와 엄마 아빠가 만났다.

여행을 마치고 돌아오신 부모님께서 집에 오시자마자 처음 보신 광경.
"안녕하세요. 오늘부터 여기 살게 된 호두라고 합니다."

03

이제 진짜 우리 가족
호두마루 크로스

부모님의 반대

ㅇ_ㅇ? 이 표정이다. ㅇ_ㅇ?

"얜 뭐니?"

엄마의 첫 한 마디. 호두는 누군지도 모르면서 처음 본 엄마한테 꼬리를 친다. 뒤따라 당황하시며 들어오는 아빠를 보고서는 다시 소파 밑으로 후다 닥 들어간다. 일단 들어오시라며, 거실에 온 가족이 다 같이 앉았다.

"엄마. 언니가 지 맘대로 이상한 애 데려왔어. 쟤 집에도 안가. 빨리 혼내줘." 라고 말하는 것처럼 마루가 끼잉끼잉 끙끙거리며 엄마한테 안겨 칭얼댄다.

부모님께 자초지종을 설명을 드리고 죄인 마냥 앉아있는데 엄마가 세상 에서 제일 무서운 목소리로 "다시 데려다줘." 하셨다. 이런 최악의 상황만 은 오지 않을 거라며, 부모님도 직접 보시면 허락하실 거라며 큰 소리를 쳤 는데. 부모님은 너무나도 단호하셨다. 정 들기 전에 다시 데려다 주고 오라 고 하신다.

큰일이다. 이 난관을 어떻게 헤쳐나가야 할까….

호두야 널 어쩌면 좋니

아무것도 안 들리는 척하기로 했다. 최대한 호두는 내 방에 있도록 하고, 부모님 눈에 안 띄도록 했다. 마루는 여전히 호두가 보이기만 하면 울고 난리다.

부모님께서 나를 불러서 진지하게 말씀하셨다. 건강한 아이도 아니고, 수술도 시켜줘야 하고 앞으로 한쪽 눈으로 평생 살아야하는 아이인데 책임질 수 있냐고. 심지어 마루가 지금 이렇게나 힘들어하는데 미안하지도 않냐고. 우리한텐 마루가 제일 소중하지 않냐며 차라리 좋은 가족을 찾아주자고, 믿을 만한 좋은 가족을 만날 때까지 우리가 보호해주자고 말씀하셨다.

솔직히 마음이 흔들렸다. 그게 맞는 건가? 매일 울며 힘들어하는 마루, 적응도 잘 못 하고 눈치 보는 호두, 반대하시는 부모님 모두를 위해서 그게 맞는 방법일 수도 있겠다고 생각했다. 이 아이와 더 정이 들기 전에 좋은 가족을 찾아주는 게 나을 수도 있겠다 싶었다. 데려오면서 '언니가 평생 지켜줄게.' 라고 했던 약속이 이렇게나 쉽게 어겨질 수 있는 것인가. 나 스스로에게 너무나도 화가 났고 이 모든 상황에도 화가 났다.

구조자분께 연락을 드려 새 가족을 찾는 걸 도와달라고 말씀드렸다. 그렇게 하면서도 '호두를 데려가겠다는 사람이 나타나지 않았으면'했다.

이게 도대체 무슨 이기적인 모순인가.

내 행동과 흘러가는 모든 상황에 화가 나며, 한 번 더 상처를 받을 호두에게 너무나도 미안했고 그냥 모든 것을 놓고 싶었다.

똥오줌과의 전쟁

호두의 새 가족이 나타나지 않는다. 그렇다. 믹스강아지에, 눈까지 아파 수술을 해야 하는 이 아이를 데려간다는 사람이 과연 있을까? 근데 왜일까? 연락이 오지 않는 하루하루가 지날수록 다행이라는 생각이 들었다. 부모님도 일단은 아무 말씀을 하지 않으신다.

또 큰 문제가 생겼다. 바로 배변 문제. 마루로 한 번 경험해봤던 나였기에 자신이 있었는데 호두는 많이 다르다. 소변과 대변의 양도 너무 많고 길거리 생활을 해서 그런가? 아예 배변을 하는 공간에 대한 개념이 없었다. 그냥 나오면 그 자리에서 해결한다. 그러다 보니 이불, 카페트, 소파, 침대 등 집안 곳곳이 호두의 화장실이 되었고 여름이다 보니 악취도 점점 심해졌다. 부모님께 어떻게든 점수를 따야만 하는 이 상황에서 아주아주 심각한 문제였다. 배변훈련을 할 모든 방법을 검색하고 찾아서 시도해봤지만 모두 실패! 아기 강아지기에 당연한 행동이라 생각했다. 그래! 호두한테 너무 큰 걸 바라지 말고 내가 그냥 치우자.

부모님께서 일어나시는 시간은 7시! 매일 아침 6시마다 알람을 맞춰 일어났다. 눈도 제대로 못 뜬 채 밤새 호두가 여기저기 저질러놓은 흔적들을 치우기 시작했다. 휴지로 큰 덩어리 흔적들을 먼저 다 치우고, 물티슈로 노란 액체들을 닦아낸 다음, 물걸레질을 싸악 하고 환기를 시키기까지 딱 1시간 걸렸다. 그 1시간 동안 호두는 뭐가 신나는지 나를 졸졸 따라다닌다.

'언니 왜 맨날 이렇게 일찍 일어나? 폴짝폴짝'

얄미워도 미워할 수 없는 녀석. 너 나중에 언니가 아침 청소를 얼마나 열심히 했는지 잊지 말거라.

부모님이 조금씩 마음을 열어요

그렇게 버티는 하루하루가 흘렀다. 어느 날 주방에서 무슨 소리가 들렸다. 집 안에는 엄마, 나, 마루 그리고 호두 이렇게만 있었는데, 마루는 지금 내 방에서 자고 있다. 그렇다면 호두랑 엄마? 살금살금 주방 쪽으로 갔는데 엄마가 쪼그려 앉아 호두한테 말을 걸고 계셨다.

"넌 어디서 왔니? 엄마는 누구야? 눈은 어쩌다가 그렇게 된 거니? 거긴 왜 있었어?"

그 앞에서는 호두가 꼬리를 살랑살랑 흔들며 예쁘게 엄마를 쳐다보고 있었다. '호두야 나이스, 너무 너무 잘하고 있어. 더 더 예쁜 표정 짓거라. 엄마 마음 좀 녹여줘.'

아빠가 퇴근하셨다. 호두는 첫 만남부터 아빠를 무서워했다. 아빠 때문이 아니라, 남자 어른에 대한 두려움이 있는 듯 보였다. 근데 지금은 아빠가 퇴근하셨다고 마루보다 먼저 나가서 꼬리를 흔들고 앉아있다.

"허헣헣 녀석 봐라."

성공이다. 아빠도 점점 녹고 계신다.

잘하고 있어 호두야!

언니는 호두 네가 저지른 응아랑 쉬야랑 청소 열심히 하면서 점수 따고 있을 테니까 호두 너는 지금처럼 엄마 아빠한테 꼬리만 열심히 흔들어줘!

지금도 매일 엄마를 녹이는 애교쟁이 호두
(사실은 주방에서 맛난 거 얻어먹는 중)

마루가 조금씩 마음을 열어요

제일 큰 문제. 배변 문제도 부모님의 반대도 아닌 마루다. 안 그래도 많이 째려보는 마루. 너무 많이 호두를 째려봐서 눈이 아파 보일 정도다. 호두가 가까이 오면 기겁하며 도망가고 잠도 최대한 멀리 떨어져서 잔다. 이제 호두도 집에 어느 정도 적응을 한 것 같고 호두와 마루의 관계에 대해 해결 방법을 찾을 여유가 생겼다. 어떻게 해야 할까. 유튜브, 강아지 카페 등 매일 매일 검색을 했다.

'강아지끼리 친해지는 방법'

어디서는 서열이 정해져 있어야 한다고 한다. 서열이 제대로 정해져 있어야 강아지들도 서로의 서열을 인정하며 한 집안에서 지낼 수 있다고. 또 어디서는 무섭거나 낯선 장소에 있도록 해서 서로 의지하게 하라고 한다. 서열, 무서운 장소? 도대체 뭐가 맞는 방법인지 모르겠다.

호두한테는 미안하지만 더 스트레스를 받고 있는 듯한 마루의 입장에서 생각해보기로 했다. 내가 마루가 되어 봤다. 가족 모두의 사랑을 독차지하고 있던 우리 집 막둥이 마루에게 호두는 굴러온 아주 큰 돌이었을 거다. 심지어 마루는 강아지를 싫어하고, 사람들의 관심을 뺏기는 걸 싫어하는 질투쟁이다. 새로 온 호두에게 가족의 관심이 갈 수밖에 없었을 것이다. 우리 마루 얼마나 질투 나고 싶었을까…. 이렇게 마루의 입장이 되어 곰곰이 생각해보니 몇 가지 방법이 떠올랐다. 누가 알려준 것도 아니고 이게 맞는 방법인지는 모르겠지만, 일단 시도해 보기로 했다.

<마루야 질투하지 마 너가 일 순위야 프로젝트>

1. 집에 들어오면 마루 먼저 충분히 반겨준 뒤에, 호두 반겨 주기.
2. 간식이나 사료를 줄 때, 마루 먼저 챙기고서 호두 챙겨주기.
3. 호두를 예뻐하고 있을 때, 가족 중 반드시 한두 명은 마루를 예뻐해 주고 있기.
4. 하루에 한 번은 무조건 온 가족이 마루를 가운데 놓고 "마루야 우룰 룰루루 마루룰루루루룰" 하면서 만져주고 사랑해주는 시간 갖기.

마루가 가족들의 사랑을 호두한테 뺏긴다는 생각을 갖지 않도록 해주는 것이다. 여기서 중요한 점은 호두가 차별받는 느낌을 받게 해서는 절대 안 된다. 단지 순서가 마루 먼저일 뿐이지, 호두도 똑같이 예뻐해 주고 똑같이 반겨줘야 한다.

<마루가 좋아하는 일에 호두 깍두기로 끼기 프로젝트>

마루가 가장 행복해하는 일이 뭔지 먼저 생각했다.

산책, 간식으로 하는 노즈워크 놀이, 가족여행, 온 가족이 만져주기. 여기에 호두가 사~알짝 깍두기로 끼는 것이다. 하루에 한 번 정도 갔던 산책을 기본 3번은 나갔다. 밖에 나가서 풀 향기도 같이 맡고, 자연스럽게 같이 뛰어다닐 수 있는 시간을 갖도록 했다. 간식으로 하는 노즈워크! 마루가 제일 좋아하는 놀이인데 호두와 함께 매일 매일 하도록 했다. 가끔 가다 마루가 호두를 째려보긴 하지만, 옆에 있어도 이제 화를 내지는 않는 것 같다. 그리고 온 가족이 마루를 만져주는 시간! (우룰룰루 마룰룰루 타임) 이때, 호두도 살짝 가운데 들어와서 같이 만져줬다.

매일 매일 조금씩 가까워지는 듯한 모습에 너무 신이 났다. 정말 정말 말로 표현 할 수 없을 정도로 행복했다. 이젠 호두가 옆에 있어도, 째려보긴 하지만 굳이 자리를 피하지는 않는다. 다행인 건 호두가 마루를 참 많이 좋아하는 듯하다. 예전엔 마루언니가 자기를 너무 싫어했던 걸 알았는지 마루 옆에 다가가지 않았던 것 같은데, 지금은 마루 옆에 조심스럽게 다가가기도 하고, 앞에 가서 꼬리를 흔들고 그 옆에 자리 잡고 앉아 있기도 한다.

어느 날은 집에 나, 마루, 호두 이렇게만 있었는데 집안이 아주 조용했다. 뭐하나둘 다 자나? 하고 방으로 조심조심 가서 살짝 들여다보았다. 마루랑 호두가 서로 냄새를 맡고 있었다. 마루가 화를 내지도 않는다…. 호두가 옆에 자리 잡고 앉아도 피하지 않는다…. 만세다.

이 방법이 맞는 듯하다. 마루의 마음이 아주 굳게 닫혀있었고 마루도 호두도 많이 힘들었으니까 당장 급하게 가까워지는 건 바라지도 않는다. 지금 이대로 이 속도 그대로 조금씩만 가까워지는 것. 그게 목표다.

지금 내가 할 수 있는 건, 매일 매일 행복한 기분을 함께 공유하고 느끼게 해주며, 천천히 기다려주는 것. 단 이것뿐이다.

이제 진짜 우리 집 막둥이, 호두

"땅땅땅. 이제 호두는 우리 가족입니다." 할 것도 없이 호두는 자연스럽게 우리 가족이 되었다. 여전히 마루와 호두 사이에서는 어색하고 불편한 기류가 흐르지만, 예전 생각을 하면 거의 뭐 절친 수준이다.

이제 가족들과 함께하는 모든 것에 강아지 두 마리가 함께한다. 식탁에서 식사를 하는 가족을 올려다보는 강아지가 두 마리가 되었고 거실에 모여 앉아 과일을 먹으며 티브이를 볼 때 같이 뒹굴뒹굴하는 강아지가 두 마리가 되었다. 주말엔 가족 다 같이 산책을 가곤 하는데, 이제는 다섯이 아닌 여섯이서 산책을 나간다. 엄마의 카카오톡 프로필 사진도 마루에서 호두&마루 사진으로 바뀌었고, 내가 장바구니에 담는 호두마루 커플템들도 점점 늘어났다. 이렇게 호두는 우리 가족이 되었다.

유기견 입양을 쉽게 생각하는 사람들이 많은 것 같다. 마치 대책없이 호두를 데려왔던 과거의 나처럼. 이 아이들은 이전에 이미 큰 상처를 받은 아이들이다. 그 상처를 받았을 때 마음이 얼마나 무너져 내렸을지, 혼자서 이겨냈던 외로움, 그리고 두려웠던 표정은 또 어땠을지. 버려지고 아프고 외로운 아이들이라서 우리가 내미는 작은 손길이 아주 큰 기적과 변화로 다가오는 건 사실이지만, 그렇다고 해서 유기견 입양은 절대 쉽게 생각해서는 안 되는 문제다.

굳게 닫힌 아이들의 마음이 열릴 때까지 기다려주는 인내심과 끊임없이 바라봐주는 따뜻한 눈빛과 관심이 필요하며, 이런 과정을 거쳐 진짜 가족이 되기까지 생기는 크고 작은 문제들, 이것을 해결하려는 끊임없는 노력과 시간이 필요하다. 진짜 가족이 되고서도 더 큰 사랑으로 아이들의 새로운 삶을 평생 함께해야 한다. 사람에게 이미 받은 상처를 한 번 더 받게 하는 일은 절대 없어야 하기 때문에.

"사지 말고 입양하세요." 라는 구호에 이 말을 더해 전하고 싶다.

"사지 말고, 입양하세요. 그리고 반드시 평생을 함께해주세요."

엄마 아빠 결혼기념일에 왜 너네가 꼬깔을 쓰고 있니?

사랑해 우리집 막둥이 호둥이

호두가 많이 아프대요

병원에서는 적출 수술을 하기에 호두가 너무 어려 만 1살이 지나고서 하자고 하셨다. 그러면서 호두의 눈은 점점 부어갔다. 예전보다 더 눈이 커지고 눈물 자국도 점점 심해졌다. 무엇보다 호두가 너무 많이 아파한다. 아예 한 쪽 눈이 보이지 않는 탓에, 걷다가 뛰다가 자주 부딪혔다. 폴짝폴짝 뛰어와서 무릎에 눈 쪽을 박치기하고서는 "끼야아악!" 너무나도 고통스러운 소리를 지른다. 그리고선 아픈 눈에 눈물이 한가득 고인다. 매일 매일 고통이 심해지는지 점점 아파하는 호두를 보며 당장 이 아이에게 해줄 수 있는 게 없어 마음이 찢어질 듯하다. 예전에는 아픈 눈이라도 두 눈을 모두 유지 시켜주는 게 좋지 않을까 생각을 했었는데 이젠 아니다.

호두를 고통스럽게 하는 아픈 눈.

하루라도 빨리 호두에게서 사라지게 해줘야겠다.

적출 수술 직전 가장 심각했던 호두의 눈
눈물이 계속 흘렀고, 눈을 제대로 감지 못했었다.
얼마나 아팠을까...

적출수술

호두가 만 1살이 넘었고, 이제 수술을 할 시기가 되었다. 병원에 가서 수술 일정을 잡고 수술 전 주의사항, 수술 후 주의사항에 대한 안내를 받았다. 내일이면 호두를 아프게 하는 이 눈이 사라진다. 옆에서 자는 호두를 바라보았다. 내일 큰 수술을 앞두고 있는 것도 모르고 호두는 쌔근쌔근 자고 있다. 에효···. 눈을 감아도 저 아픈 눈은 너무나도 커서 제대로 감아지지도 않는다. 마음이 참 복잡하다.

이 아픈 눈, 호두에게서 없애주는 게 맞는데 그 후가 막막하고 두렵기도 하다. 호두가 앞으로 남은 견생을 한쪽 눈으로 잘 살아갈 수 있을까? 그런 호두를 잘 지켜주고, 다른 일반 강아지들처럼 지내도록 내가 잘 케어해 줄 수 있을까?

솔직하게 무엇보다 제일 겁나는 건 눈을 적출한다는 두려움이었다.

수술 당일이다. 나는 호두를 안고 이야기했다.

"호두야. 호두 아프게 하는 나쁜 눈 없애 주는 거야. 수술 끝나면 호두 하나도 안 아플 거야."

내 마음을 아는지 모르는지 호두는 그냥 천진난만하다. 사실 수술보다 제일 큰 걱정은 호두가 우리 가족이 자기를 버렸다고 생각하면 어쩌지 하는 것이었다. 길거리에서 구조되었을 때도 병원에서 지냈는데, 수술하고 입원하는 동안 호두가 버려졌다고 오해하고 상처받으면 어쩌지 하는 걱정뿐이었다.

"호두야. 언니가 계속 옆에 있을 거야. 호두 수술 잘 끝내면 엄마, 아빠, 언니들, 마루언니가 기다리고 있을게."

그렇게 호두는 수술실에 들어갔다.

집에 돌아와 아무것도 못 하고 연락이 오기만을 기다렸다. 전화가 왔다. "수술은 아주 잘 끝났고, 호두 마취도 잘 깨서 입원실에서 있습니다. 걱정 안하셔도 돼요."

전화를 끊자마자 미리 끓여 둔 북어죽, 호두가 좋아하는 장난감 그리고 담요를 챙겨 병원으로 갔다. 가족을 보고 흥분하면 상처가 덧날 위험이 있어, 멀리서 몰래 보라고 하셨다. 간호사님께서 장난감과 담요를 호두 방에 넣어주려 문을 열었고 그렇게 호두를 멀리서 보게 되었다.

이렇게 힘이 없는 호두는 처음이다. 수술부위가 크다 보니 붕대를 얼굴
전체에 빙빙 감았고, 호두는 힘없이 누워만 있었다.

호두야. 너무 너무 대견한 우리 호두야.

조금만 더 힘내자.

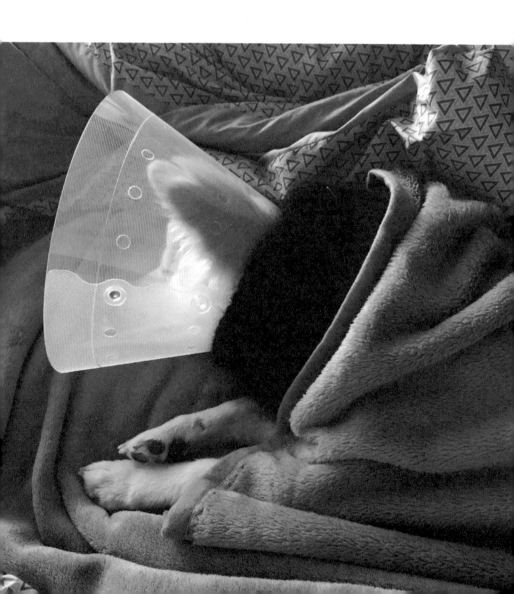

호두일기

| 2017 년 10월 14 일 **토**요일 | 날씨 : **좋다**.. |

집에 가고 시퍼

제목 : 눈이 아푸다

	아	침	에		이	러	나	떠	니		언
니	가		나	룰		대	리	요		병	원
에		와	따	.	그	리	요		수	사	롤
마	자	떠	니		잠	이	와	따	.	이	러
나	보	니		눈	이		마	니	아	팟	따.
집	가	요	시	퍼	..	엄	마	아	빠	언	니
보	고	시	퍼	..	마	루	언	니	도		보
고	시	퍼	..	나	버	린	거	아	니	지	..?

호두야 괜찮아

호두의 퇴원 일이다. 매일 병원에 가서 호두를 보긴 했지만 멀리서만 지켜봤기에, 호두입장에서는 처음 우리 가족을 오랜만에 보는 날이다. 아빠와 내가 호두를 데리러 병원으로 갔다. 저 안쪽에서 익숙한 실루엣의 강아지가 폴짝폴짝 익숙한 뜀박질로 뛰어온다. 우리 호두다!

얼굴의 붕대는 풀었고, 눈 쪽만 살짝 안대로 가려 있었다. 호두는 왜 이제 왔냐며, 얼마나 아팠는지 아냐며 몸을 비비고 울고 난리가 났다. 오구오구 우리 애기 너무 고생했어, 기특해 하며 반겨줄 수 있는 최대치로 호두를 반겨주고서 안정시키고 있는데, 갑자기 수술한 부위의 안대가 떨어져 상처가 보였다. 온 몸의 힘이 빠졌다. 예상은 했고, 마음도 단단하게 먹고 갔지만 상처를 보는 순간 눈을 질끈 감게 되었다. 호두의 큰 상처가 너무 무서웠고, 너무 너무 아파 보였다. 우리 뒤에 있던 초등학생 또래의 아이가 보더니, "아 눈 봐. 징그러워….." 라고 말했다. 나까지 그렇게 생각하면 안 된다.

징그럽지 않다. "괜찮아 호두야. 괜찮아." 하면서 호두를 안았고, 의사 선생님께서는 다시 상처를 덮어주셨다.

집으로 돌아왔다. 가족 모두 호두를 반겨주고 마루는 호두 똥꼬 냄새를 맡으며 '너 어디 다녀왔니?' 하는 것 같았다. 집에 돌아와 긴장이 풀린 건지 잠이 든 호두를 가만히 바라보았다. 안대로 덮고 있지만 눈 주변에 묻은 소독약과 흉터가 잘 보였다. 혼자서 얼마나 두렵고 아팠을까.... 쓰담쓰담.

그러면서 이런 생각을 했다. 앞으로 우리 호두가 한쪽 눈으로 살아갈 세상이 호두에게 상처가 되지 않았으면. 만약 호두에게 상처가 될 만한 일이 생긴다면 우리 가족이 다 막아주고 지켜줄 것이며, 수술하기 전 후에 어떤 차이가 생긴 건지 느끼지도 못하게 해줘야겠다는.

호두야 괜찮아!

우리가
지켜줄게

"괜찮아 호두야.
너가 한쪽 눈으로 바라 볼 세상이 이전처럼
똑같이 아름답도록 언니가 지켜줄게.
다 괜찮아."

수술했을 당시의 호두 사진을 계속 찾아보았지만, 찾을 수 없었다.
마음이 너무 아팠던 시절이라 기억하고 싶지도 남기고 싶지도 않았나 보다.

호두가 웃기 시작해요

실밥도 풀고 호두의 상처는 잘 아물어갔다. 밥도 잘 먹고, 놀기도 잘 놀고 호두의 일상은 수술 전과 다름이 없다. 없어진 한 쪽 눈에 아직 적응이 다 된 건 아니지만 건강한 모습이 정말 다행이고 호두한테 고마울 뿐이다.

호두마루랑 여느 때처럼 침대에 같이 누워 뒹굴뒹굴하는데 호두가 이상한 표정을 지었다. 어? 웃는 것 같다. 호두가 입을 헤헬 벌리고 있고, 호두의 입꼬리가 하늘 높이 올라가 있다. 분명 웃는 표정이다. 뭐 더운 건가 보다 싶었는데 그 이후로 호두는 기분이 좋을 때마다 웃는 듯한 표정을 지었다. 산책을 가기 전, 산책을 다녀와서 장난감으로 놀아줄 때, 가족 모두가 거실에 모여 있을 때, 아빠가 퇴근하셨을 때 등등 호두가 기분이 좋을 때마다 웃어주기 시작했다.

수술 전에는 보지 못했던 모습이었다. 아픈 눈이 사라지고 마음이 편해지니까 웃음이 나온 건 아닐까? 사실 수술 후에 눈을 지켜주지 못한 것에 대해 호두에게 참 많이 미안했는데 호두의 웃음을 보니 마음이 많이 놓였다.

다행이다. 정말 다행이야. 호두 기분이 좋아 보여서, 호두가 안 아파 보여서, 그리고 호두가 예전보다 행복해 보여서 참 다행이다.

'언니 걱정 마. 아픈 눈이 없어지니까! 이제 아파서 소리 지를 일도 없고, 눈물도 나지 않고, 난 정말로 행복해'

우리 호두가 웃는구나! 처음으로 느꼈던 때!
호두가 아픔을 잊고 행복해진 반환점이 되었던 시점이라 생각해 가장 소중하게 여기는 사진이다.

수술 후 이 첫 웃음부터 호두가 4살이 된 지금까지 호두는 참 많이 웃어 준다. 많은 분들이 호두의 미소를 보고 힘을 얻는다고들 하신다. 우리 가족도 마찬가지다. 힘든 하루에 지쳐 집에 돌아와 나를 반겨주는 호두의 미소를 보면 왜 이렇게 힘이 샘솟는지 모르겠다. 덩달아서 행복해지고, 마음이 따뜻해져 호두를 꼬옥 안아주게 된다. 이렇게 사랑스러운 강아지가 있을 수 있나.

호두의 미소로 많은 분들께서 힘을 얻고 행복해진다는 말을 들을 때 제일 행복하다. 우리 집에 사는 행복한 강아지가 행복한 미소로 많은 분들께 행복을 전달하다니. 호두를 언니 오빠 이모 삼촌들의 행복 전도사로 임명합니다!

호두의 미소를 본 지 몇 년이 흐르니, 그 웃음의 종류를 이제 파악 할 수 있다.

1. 찐웃음 : 호두가 진짜 행복할 때 나오는 웃음, 이렇게 웃을 때 제일 자연스럽고 행복한 미소를 띤다.

2. 더운 웃음 : 더워서 헥헥 거리는 건데, 호두의 구강 구조상 웃는 것처럼 보인다. 이때는 혀가 좀 나와 있으며, 얼굴이 헥헥헥 거리며 살짝 흔들린다.

3. 민망웃음 : 호두가 민망할 때 짓는 미소다. 혼나거나 갑자기 눈이 마주치거나 했을 때 종종 짓는 표정인데, 이때는 눈은 그대로며 입만 헷 하고 웃는다..

마루 : 너 내 동생 해라

가족 행사로 친척들이 집에 다 모였다. 호두는 여전히 남자 어른을 무서워했고, 그중에서도 목소리가 크고 덩치가 큰 이모부를 무서워했다. 호두가 반가운 이모부는 "호두! 와봐!" 하시며 호두를 불렀고 큰 목소리에 호두는 놀라 자꾸 숨기 바빴다. 마루는 이 와중에 모두의 관심을 받아 행복해서 어쩔 줄 몰라 하며, 여기저기 왔다 갔다 팬서비스하고 뒹굴면서 다니고 있다. 역시 우리 집 최종 관종!

그때였다. 이모부가 호두를 안았는데 호두가 많이 무서웠나 보다. 깨애앵 하면서 나한테 도망 왔는데, 아니 글쎄 좀 전까지만 해도 이모부가 좋다며 만져 달라며 난리 치던 마루가 이모부한테 짖기 시작했다. 그렇게 날카로운 짖음은 처음이었다.

"어머 쟤 호두 괴롭힌 줄 알고 저러나 봐"

엄마가 말씀하셨다. 맞는 것 같았다. 호두와 이모부 사이에 서서 계속 짖고 있었다. 이모부는 장난치듯 호두를 다시 데려가려고 하셨는데 갑자기 마루가 더 화내고 짖었다.

어머나.... 얘 자기 동생 지키는 건가 보다. 감동... 너무 감동.... 좋아하진 않지만, 그래도 한 가족 내 동생이니 괴롭히지 마라. 이건가? 마루야 너 진짜 멋있다. 그리고 언니 진짜 감동 받았어. (악역 역할을 해주신 이모부 감사합니다.)

애견운동장에 갔다. 호두는 강아지 친구들을 너무 좋아한다. 호두는 다른 친구들이랑 놀고 있고, 마루는 평소처럼 혼자 사색을 즐기며 이곳저곳 냄새를 맡고 있다. 그때였다. 맞지 않는 친구를 만났는지, 호두랑 다른 친구랑 다툼이 있었다.

잘 떼어놓고 서로 냄새도 맡고, 잘 화해하고 해결되었는데 마루가 갑자기 멀리서 뛰어왔다. 그리고는 호두와 싸운 그 친구들 졸졸 따라다니며 짖고 화를 냈다. 마치 "너 내 동생 건들지 마라!!" 하는 왕 멋진 언니 같았다. 시간이 한참 지나도 마루는 멀리서 계속 그 친구만 주시하고 있었다. 호두랑 다툼이 있었다고 화낸 게 맞는 것 같았다.

운동장에 놀러 갔을때, 호두랑 인사하러 온 친구를 견제하는 똥마루.
마루야 이건 오해야...! 호두랑 사이좋게 놀고 싶어서 온 친구란 말이야….

또 어느 날은 이모네 마당에서 놀고 있는데, 호두가 옥상으로 올라가는 높은 계단 올라가서 못 내려오고 주춤하고 있었다. 높이도 높았을뿐더러 호두의 눈이 한 쪽만 보이니 균형 잡기도 힘들었다 보다. 그때 마루한테 "마루야. 호두 데려와 호두!" 라고 했다. 그냥 해본 말이었는데 마루는 갑자기 호두가 있는 계단 위치까지 뛰어 올라가 호두를 데리고 함께 내려왔다. 마치 무서운 곳에서 벌벌 떠는 동생을 구하러 가는 든든한 언니처럼…. 아직도 잊혀지지 않는다. 마루가 계단을 폴짝폴짝 올라가 호두를 만났을 때 그 순간 힘껏 올라갔던 호두의 꼬리를, 그리고 함께 발맞춰 내려와주던 똥마루의 시크한 표정을.

이런 일들을 겪고 나니, 마루가 호두한테 많이 마음을 열고 가족으로 받아준 것 같다는 생각이 들었다. 뭐 당연히! 여전히! 호두를 째려보고 옆에 딱 붙어있는 걸 싫어하긴 하지만, 가끔가다 둘이 싸우기도 하지만! 그래도 내 동생이다 이건가?

"이것들아! 내 동생은 나만 괴롭힌다. 건들지 마라!"

2017 년 12월 18일 월요일　　날씨 : 개추움

제목 : 짜증나..

	짜	증	나	!	나		재		시	러	하
는	대	,	시	른	거	맛	는	대	..	왜	
자	꾸		신	경	쓰	이	지	?	덩	치	는
큰	게		겁	도	만	코		못	생	겨	써
근	대		가	끔	보	면		귀	여	운	거
갓	기	도	하	고	..		에	잇	귀	차	나
신	경	쓰	이	는		녀	석	..	마	니	먹
고		마	니	커	라	!	!	!			

04

우리 소중한 호두에요

소중한 우리 호두

호두는 정말 착하다. 착하고 바보 같고 멍청이 같다. 먹던 걸 다 마루언니한테 빼앗겨도 가만히 있고, 불쌍한 표정으로 쳐다만 본다. 호두야! 부르면 한 번이고 두번이고 부를 때마다 처음 불렀을 때처럼 웃으면서 뛰어온다. 필요하고 원하는 게 있으면 앙앙! 짖으면서 말대답하는 마루언니와 다르게 호두는 뭐가 필요하다고 뭔가를 해달라고 짖은 적이 단 한 번도 없다.

호두는 공감 능력이 뛰어나다. 내가 슬픈 일이 있어 울고 있으면 누워서 잠만 자는 마루언니와 달리 심각한 표정으로 미간을 찌푸리고 앉아서 한 시간이고 두 시간이고 나를 쳐다보고 있다. 핥아주고 안아주면서 위로해준다. 힘든 일, 버거운 일이 있을 때 호두를 안고 가만히 있으면 말로 표현할 수 없을 만큼 정말 큰 위로를 받는다. 신나는 일이 있어 행복해하면 호두는 같이 행복한 미소로 웃어준다. 소중한 우리 호두.

호두는 겁도 참 많아서 무서운 소리가 나면 크게 짖지도 못하고 속으로 (우웅우웅)짖고, 집에서 가족들 사이에서 큰소리가 나면 쭈그려 벌벌 떤다. 외모는 세상에서 제일 용감한 강아지인데, 사실은 세상 제일 겁쟁이다.

그리고 쪼꼬미 마루랑 살아서 자기도 마루만큼 쪼꼬미라고 생각하는 게 분명하다. 덩치도 엄청 큰 게 자꾸만 안아 달라 하고 무릎에 올라와서 내려갈 생각이 없고 내가 자고 있으면 배에 폴짝폴짝 올라와서 숨도 못 쉬게 한다.

호두야 너 8키로야….

아무튼 그래서 그런지 자기보다 훨씬 작은 강아지 친구들을 너무나도 좋아한다. 겁이 참 많지만 착하고 공감 능력이 뛰어나고, 자기가 아주 쪼꼬미 강아지인 줄 아는, 이런 호두는 아주 아주 소중한 우리 집 강아지, 우리 집 막둥이다.

우리한테만 소중한 호두?

이렇게 사랑스럽고 착하고 겁도 많은 소중한 호두지만, 호두를 모르는 사람들이 호두의 외모만 보았을 때 거부감을 느끼는 건 사실이다.

호두는 덩치 큰 믹스견이고 심지어 눈이 하나가 없다. 호두를 보고 화들짝 놀라는 사람들은 셀 수도 없이 봐왔고, 호두가 제발 못 알아들었으면, 하는 말들을 내뱉는 사람들도 참 많이 만나왔다. 그 사람들의 마음이 이해는 간다. 하지만 어린 꼬마 아가들부터 나이 많은 아저씨, 아줌마들까지, 나 같으면 속으로만 생각했을 것 같은 말들을 왜 이렇게 밖으로 내뱉는지 정말 모르겠다. 말로만 호두를 미워하는 건 양반이다. 발 구르며 괴물이다! 하는 아가들부터 멀리 있는데도 징그럽다는 표정을 짓는 사람들도 참 많다.

"애꾸"라는 말은 산책 나가면 한 번은 꼭 듣고 오는 단어다. "엄마 쟤 이상해. 애꾸야. 눈이 없어!"부터 "얘는 애꾸네 애꾸. 궁예처럼 안대 써주지 그래요?"라며 장난처럼 말하는 아저씨들의 말까지. 처음에는 "응~ 아가 때 다치고 수술해서 눈이 없는 거야!", "그러게요? 궁예처럼 안대 하나 해줄까요?"라고 웃으며 아무렇지 않게 대답했다. 근데 아무렇지 않은 "척"이었나 보다. 쌓이고 쌓이니 큰 상처가 되었다보다. 그러면 안 되는데 내가 점점 작아지게 되었다. "징그럽다." "무섭다." 라고 내뱉는 말보다 호두를 보고 짓는 혐오하는 표정들이 내게 더 큰 상처로 왔다.

엘리베이터를 탈 때, 호두를 구석으로 숨기고 마루를 앞세우게 되었다. 아이들이 많은 등하교 시간에는 산책을 피하고, 아침 일찍 혹은 밤에 산책을 하게 되었다. 많은 사람들이 오면 인적이 드문 곳으로 일부러 피하게 되고 간혹 눈이 왜 그러냐고 묻는 사람들에게 아무렇지 않아 보이게 대답하기 위해 "유기견이였는데, 어렸을 때 눈이 다쳤어요. 지금은 적출 수술한 거고요." 라는 멘트를 항상 준비하게 되었다. 그렇게 나는 점점 호두를 숨기게 되었다.

참 나쁜 주인이다. 분명 수술 후에 아파하는 호두를 보며 '누가 뭐라 해도 언니가 호두 지켜줄게', '수술 후 호두가 보는 세상이 수술 전과 똑같이 아름답도록 언니가 노력할게.' 라고 약속을 했는데,, 용기있게 호두를 지켜주긴커녕, 호두와 함께 숨기 바쁘다. 숨겨도 마냥 좋다고 헤헤 나를 보며 웃고 있는 호두를 보면 정말로 미안한 마음이 들지만, 더는 그런 말들과 표정을 보고 싶지 않다. 이젠 피하는 게 낫겠다 싶다.

간혹, 강아지가 사람 말을 알아들었으면 좋겠다는 생각을 했었다.

하지만 호두는 제발 사람의 말을 못 알아들었으면 좋겠다.

그러지 마세요. 소중한 우리 강아지예요.

부모님께서 오랜만에 호두마루와 함께 외출을 하자고 하셨다. 요즘은 프리미엄 아울렛에 애견 동반이 된다며, 쇼핑하러 가는 김에 호두마루 바람도 쐬고 같이 다녀오자 하셨다. 제일 먼저 든 생각은 '사람 진짜 많을 텐데...' 걱정하는 나에게 아빠가 호두 안고 다닐 테니 같이 가자셨다. 오랜만에 준비하는 온 가족 나들이에 호두마루도 신나 보였다. 그래! 오랜만에 바람 쐬러 놀러 가보자! 제일 신상 옷을 입히고 예쁜 목걸이도 해줬다.

아울렛에 도착! 생각했던 것보다 더 사람이 많았다. 호두마루를 데리고 돌아다닐 수 없는 상황이었다. 검색해보니 아울렛 한 켠에 작은 애견 운동장이 있다고 나왔다. 부모님께 편하게 쇼핑하시라고 하고, 동생과 호두마루를 데리고 운동장으로 찾아갔다. 여유로운 분위기의 운동장에는 다른 강아지들과 견주들이 놀고 있었고 호두마루를 풀어주고 구석에 자리를 잡았다. 오랜만에 차를 타고 멀리 놀러 와서 그런가? 호두마루 둘 다 들떠 보였다.

가족 다 같이 아울렛 놀러 가는 길!
이때까지만 해도 호두는 마냥 신나고 들떠있었다.

귀여운 것들. 마루는 벌써 쉬야에 뒷발 차리까지 팡팡! 호두는 조심스럽게 여기저기 냄새를 맡고 다녔다.

둘러보니 작고 예쁜 강아지들과 잘 볼 수 없는 특이한 드문 강아지 종이 많았다. 호두 같은 강아지는 없었다. 요즘 계속 사람들의 시선에 스트레스를 받던 나는 지레 겁을 먹고, 사람들이 호두를 보고 거부감을 느낄 수도 있을 거란 생각에 구석에서 놀고 있었다.

그때였다. 하얀 강아지가 호두한테 다가와서 냄새를 맡았다. 아이고 호두가 좋아하는 작은 친구다! 호두도, 놀러 온 강아지 친구도 서로 반갑다며 꼬리를 흔들고 인사했다. 아이들이 인사를 하는 도중 갑자기 주인이 다가와서 자기 강아지를 휙 들고 가버렸다. '호두가 크니까, 걱정돼서 그럴 수도 있지 뭐.' 대수롭지 않게 생각했다.

잠시 뒤. 이번엔 호두가 그 친구에게 다가갔다.

그때, 그 강아지의 견주가 짜증나는 표정을 지으며 호두를 밀쳤다. 팔로 오지 말라고 막은 것도 아니고, 호두를 멀리 밀어버렸다. 이런 일은 처음이라 화가 나기보다 당황해서 호두를 데려와서 다시 구석으로 왔다. 그 아저씨는 멀리서 기분 나쁜 표정으로 자꾸만 우리 쪽을 쳐다봤다.

도대체 호두가 뭘 잘못 한 거지? 그제야 화가 나 동생과 열을 내다가 문뜩 호두 쪽을 봤다. 어...? 호두가 알아챈 걸까? 친구들이 모여 놀고 있는 주변에도 가지 않고 내 앞에 얌전하게 가만히 앉아서 친구들이 있는 쪽을 바라보기만 했다. 그 뒷모습에 너무나도 마음이 아팠다. "너 싫어, 저리 가."
라고 호두가 알아들은 걸까? 나쁜 아저씨, 차라리 호두가 못 알아듣게 말로
하지.... 얌전하게 앉아 멀리 쳐다 만 보고 있는 호두의 뒷모습을 보며 너무
화나고 속상해서 눈물이 났다.

오늘도 호두는 상처를 받았고, 오늘도 나는 그런 호두를 지켜주지 못했다.

놀고 있는 친구들을 멀리 떨어져 앉아 바라보기만 했던 호두.
자기를 미워하는 걸 귀로 듣고 눈으로 보고 몸으로 느꼈을 호두를 생각하면
지금도 마음이 너무 아파 온다.

호두일기

2018년 6월 23일 토요일　　날씨 : 마니더워..

제목 : 아저씨가 나를 밀엇따.

	가	족	들	이	랑		아	울	랫	에	
갓	따	.	칭	구	들	이	잇	는		노	리
터	가		잇	엇	는	대		내	가		조
아	하	는		작	은	칭	구	랑		인	사
룰		햇	따	.	는	대		칭	구	네	
아	빠	가		날	밀	엇	따	..	왜		나
룰		밀	어	요	?	내	가	왜	미	워	요
?	칭	구	가		조	앗	쏠	뿐	인	대	..

우리 유명해지자

다행인 건 호두가 여전히 밝다. 여전히 세상에서 가장 행복한 미소로 웃어주고, 행복해 보인다. 분명 호두도 밝고 행복해지려고 노력 중인 걸 텐데, 내가 더 이상 숨고 작아지며 안 되겠다 싶다.

조금씩 호두와 이른 시간에 산책을 가고, 산책 도중 만나는 강아지 친구와 용기를 내서 인사를 하고, 친구와 성공적으로 인사를 마쳐 행복해 보이는 호두를 보는 날들이 점점 늘어났다.

그리고 친구의 권유로 우연히 호두마루 전용 계정을 만들고 인스타를 시작하게 되었다. 호두와 마루의 일상을 기록하고 추억하는 공간으로 꾸밀 생각에 들떴고, 호두마루를 사진에 담기 위해 더 많이 관찰하고 더 많은 시간을 함께하게 되었다.

얼굴도 이름도 아무것도 모르는 사람들인데, 참 따뜻하다. 현실에서 호두를 바라보는 사람들의 시선은 불쌍함, 신기함, 거부감이 대부분인데 이곳 사람들은 호두의 사진을 보고 예쁘고 사랑스럽다고 하며 호두의 미소를 보면 행복해진다고 한다.

인스타에 올린 첫 사진과

처음으로 많은 관심과 사랑을 받은 사진이다.

조용한 관종인 나, 호두가 밝게 웃는 사진에 달린 많은 댓글과 따듯한 관심에 신났나 보다. 나도 모르게 호두마루 인스타에 많은 시간과 정성을 쏟게 되었고, 자연스레 호두마루를 응원해주시는 팔로워 분들이 점점 늘어갔다.

그럴수록 호두와 나는 점점 용감해졌다. 든든한 우리 편이 든든하게 지켜주고있는 느낌이랄까? 더 이상 호두를 숨기지 않고, 당당하고 용기 있게 세상에 맞서게 되었다.

아울렛 일 이후, 직접 우리 호두를 무시하는 모습을 보고나니 상처받은 것보다 화가 난 감정이 더 컸나보다. 유명해져야겠다는 생각이 들었다. 우리 호두 유명해져서 함부로 대하는 사람들 없게 하자. 내 머릿속엔 오로지 이 생각뿐이었다.

종종 인스타를 통해 믹스견에 대한 이야기를 본 적이 있다. 또 직접 연락이 와서 고민을 이야기하셨던 분들도 꽤 있었다. 믹스강아지들에 대한 안 좋은 시선과 차별들. 같은 강아지인데, 순수혈통 강아지가 아닌 믹스 강아지라는 이유만으로 겪지 않아도 될 일들을 겪은 강아지들이 생각보다 많았다. 우리 호두도 마찬가지다. 심지어 우리 호두는 유기견 출신에, 덩치 큰 믹스견에, 한 쪽 눈이 없는 장애견이다. 이런 우리 호두도 충분히 사랑받고 그 누구보다 행복하게 지낸다는 것을 모두에게 보여주고 싶었다.

유기견과 장애견에 대한 안 좋은 인식을 바꾸고 싶다! 라는 거대한 포부보다는 흔히 남들이 말하는 유기견센터 입양의 최악 조건이라는 호두가 얼마나 행복하고 씩씩하게 잘 지내는지 보여줄 수 있는 좋은 예시가 되어보자 싶었다.

"호두야! 언니만 믿어. 우리 호두 스타 강아지 만들어줄게.

우리가 얼마나 씩씩하고 얼마나 행복하게 사는지,

이 세상 사람들한테 다 보여주자!"

유기견도, 믹스견도, 장애가 있는 강아지도 그 누구보다 행복해질 수 있어요.

스타견리그

감사하게도 호두마루 계정의 팔로워 수는 점점 늘어갔다. 그러던 와중 한 기업에서 연락이 왔다. '스타견리그' 를 진행한다며 호두를 후보로 제안하였다. 다시 한 번 말하지만 조용한 관종인 나!

그래 기회다. 우리 호두 스타 강아지 될 기회! 이름도 마음에 든다 ㅎㅎ

'스타견리그'. 한 번 해 보자!

정해진 기간 동안 진행되는 온라인 투표를 통해 스타강아지를 뽑는 콘테스트였다. 호두가 후보로 올라갔고, 열심히 홍보를 하기 시작했다. 인스타에서 호두를 늘 응원해주셨던 언니 오빠 이모 삼촌들도 매일 열심히 투표해 주셨고, 쓸데없는데 시간 버린다며 아무런 관심이 없으셨던 부모님! 나중에 보니 동창회 단톡방에 링크를 뿌리고 다니셨더라. 역시 조용한 관종인 우리 가족!

모두의 힘이 모여 호두는 두둥 3등! 스타견리그 3등 순위에 이름을 올렸다. 이야! 우리 호두! 안씨 가문의 영광. 안산의 영광. 유기견 출신의 영광. 시고르자브종의 영광! 우리 호두가 너무나도 자랑스러웠다.

날씨 좋은 가을날 시상식에 참여하여 작년 스타견리그 우승자였던 "철

수 오빠"한테 직접 상도 타왔다.

헷, 우리 막둥이 호두 장하다 장해.

시상식에 마루를 포함한 온 가족이 함께해서 세상 신난 우리 기특한 호두!

나 상 탔어요!
태어나서 처음으로 시상식도 갔거든요? 사람들이 정말 많아서 긴장됐는데요!
엄마 아빠언니들 그리고 마루온니가 뒤에서 지켜줬어요.
내가 이따 만큼 장하대요! 헤헴 >.<

호두 이름으로 첫 기부

스타견리그 3등 상금은 30만 원이었다. 어떻게 뜻깊게 쓸 수 있을까 고민하다가 호두의 이름으로 도움이 필요한 친구들을 돕기로 했다. 적은 금액이지만, 조금 더 돈을 보태어 사료와 간식들을 주문하여 구미에 있는 유기동물친구들에게 보냈다.

유기견센터의 아이들은 호두와 참 닮아있었다. 호두가 우리 가족을 만나지 못했다면, 여기 이곳 친구들처럼 지내고 있었겠지? 이 친구들도 호두처럼 운이 좋아 가족을 만났다면 호두처럼 따뜻한 곳에서 행복하게 지냈겠지? 형제라 해도 믿을 만큼 비슷하게 생긴 아이들. 비슷한 외모와 달리 지금은 너무나도 다른 정반대의 삶을 살고 있다. 사람들의 관심과 손길이 이아이들에게 평생의 행복이 되어줄 수 있다는 사실. 작고 힘없고 눈빛이 흐렸던 아이들이 얼마나 밝아지고 얼마나 행복해지고 활기가 넘치는 똘망똘망한 눈빛을 갖게 될 수 있는지. 그 과정을 통해 주변 사람들도 얼마나 큰 행복과 보람을 느낄 수 있는지. 나는 호두를 통해 그것들을 느꼈지만, 많은 다른 사람들도 이 행복을 알 수 있게 된다면 얼마나 좋을까? 유기견 아이들의 견생역전에 함께하는 행복감을 아는 사람들이 늘어난다면 호두처럼 견생역전하여 평생을 행복하게 살 수 있는 아이들이 늘어나지 않을까? 머릿속은 이런저런 생각으로 복잡한데, 당장이 문제들의 해결책은 모르겠다….

우리가 보내 준 사료와 간식이 얼마나 큰 도움이 될지는 모르겠지만, 당장의 이 아이들의 배를 채워주고 따뜻함을 줄 수 있다면 내가 해줄 수 있는 게 이것뿐이라 미안하고 마음이 아팠지만, 일단 호두의 첫 기부라는 것에 만족했다.

호두의 생일이나 기념일이 되면 가끔 유기견 센터에 사료나 간식을 기부하곤 한다. 아주 작은 손길이지만, 앞으로도 조금씩 손을 내밀어 호두의 과거였던 이 아이들을 끊임없이 도와야겠다.

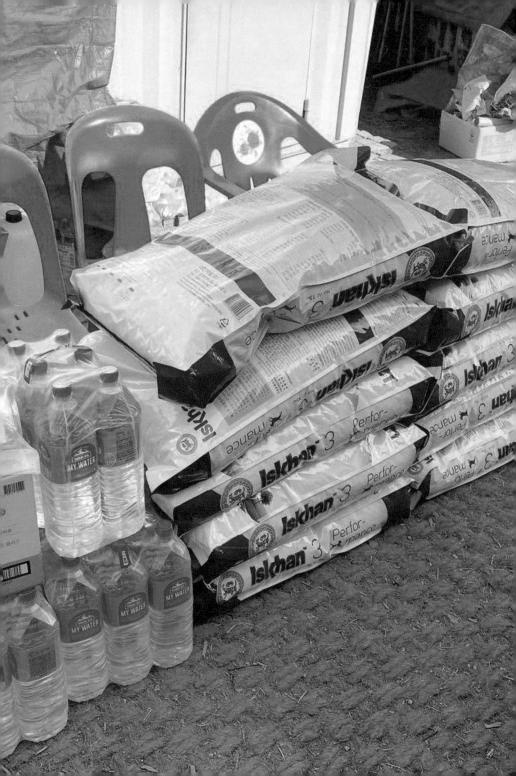

05

오늘도 평화로운 호두마루네

호두는 텔레비전이 좋아요

평범한 토요일 밤. 여느 때처럼 엄마, 아빠, 나, 동생 그리고 호두마루는 거실에 모여 앉아 과일을 먹으며 텔레비전을 보고 있었다. 마루는 거실에 펴 놓은 이불 한 가운데에서 발라당 누워 아빠의 손길을 느끼며 세상 편하게 자고 있고, 호두는 소파에 앉아 인형을 물고 있다. 그때 엄마가 말씀하셨다.

"호두 TV 보는 건가?"

소리를 듣고 호두를 봤는데, 호두가 TV를 쳐다보고 있다. 화면을 보니 강아지 두 마리가 나오고 있었다. 진짜인가? 싶어서 강아지가 나오지 않는 다른 채널을 돌리니, 호두가 쳐다도 안 본다. 다시 강아지가 나오는 채널로 돌리니 너무 신기하게도 호두가 TV를 쳐다본다.

"오아 우리 호두 TV 볼 줄 아나 봐!"

이렇게 호두가 텔레비전을 본다는 것을 알게 되었다.

호두는 신기하게도 "동물"이 나오는 화면만 본다. 강아지, 고양이, 호랑이 등등 동물이 나오는 영상을 좋아하며, 가끔 유튜브로 "도그TV"를 틀어주면 집중해서 본다. 제일 좋아하는 프로그램은 동물농장! 일요일 아침이면 호두를 위해 동물농장을 꼭 틀어준다. 어떤 분께서 말씀하셨다. 화면에 나오는 장면을 인식하고 집중해서 보는 아이들은 똑똑하고 감정이 풍부한 아이들이라고! 음…. 우리 호두 똑똑한 건 모르겠지만 감정이 풍부한 건 맞는 것 같다.

TV뿐만이 아니다. 집에서 창문 너머 초등학교 운동장을 바라보는 것, 차를 탈 때 창문 밖 세상을 바라보는 것. 호두가 좋아하는 행동들이다. 이럴 때 호두를 쳐다보면 눈은 호기심 가득한 눈빛으로 반짝반짝 빛이 나고 입에는 옅은 미소가, 귀는 아주 쫑긋해져 있다. 얼마나 사랑스러운지. 자기의 모든 감각을 동원해서 모든 것을 느끼는 것만 같다. 이 와중에 마루는 관심도 없다. 호두가 TV를 볼 때면 옆에서 발라당. 호두가 차에서 창밖을 볼 때면 카시트에서 발라당.

세상이 궁금한 호두와 다른 건 관심 없는 세상에서 제일 편안한 마루.

다르지만 참 사랑스러운 우리 멍멍이들이다.

호두마루가 나왔던 유튜브 영상을 모니터링 중인 호두.
그 옆에서 아무 생각 없는 똥마루

티비에 나오는 친구가 웃으면 따라 웃기도 한다.
집중한 귀여운 호두의 두 귀!

몇번 봤던 영상엔 흥미가 떨어져 늘 새로운 영상을 찾아야 하는데,,,
그러다가 동물의 왕국 "하이에나 무리의 지배자"까지 틀어줬다.
다큐멘터리에도 집중하는 호두!

심지어 쫓아와서 언니가 듣던 인강까지 함께 감상한다.
우리 호두 박사 되겠다!

처마마루 (헤어스타일 천재)

우리 집 똥마루는 털이 참 빠르게 자란다. 미용한 지 얼마나 되었다고 벌써 털이 난리다. 마루의 털은 얼굴 쪽은 매우 가늘고, 등 쪽은 살짝 두꺼운 편이다. 그리고 목 뒤쪽의 털은 곱슬곱슬한데, 정수리 털은 파워 직모이다. 그래서 그런지, 미용 후 털이 많이 자라면 정수리, 특히 앞머리의 자기주장이 아주 센 편이다. 자고 일어나면 10년 만에 외출하신 박사님처럼 머리가 난리가 나고, 뒤로 넘겨주면 올빼미 같아지고, 앞으로 쓸어주면 처마가 생겨 "처마마루" 가 된다.

만지는 대로 움직이고 고정되는 앞머리가 신기해, 미용 전날이면 똥마루 헤어스타일 쇼가 진행된다.

처마마루, 책마루, 뿔마루, 폭탄마루, 사과마루, 드릴마루, 불꽃카리스마루 등등. 우리 똥마루의 소중한 앞머리 평생 곱게 풍성하게 지켜줄게!

책마루(위)와 뽈마루(아래)

폭탄마루(위)와 사과마루(아래)

드릴마루(위)와 불꽃카리스마루(아래)

올빼미마루(위)와 새싹마루(아래)

호두마루의 짱친구들

강아지를 좋아하지 않는 마루와 달리 호두는 강아지 친구들을 너무 너무 좋아한다. 친구가 좋아서 만나면 응동이를 씰룩씰룩하며 어쩔 줄 몰라 하는 호두 이지만, 친구들은 호두에게 관심을 보이지 않는다.

호두가 놀자고 다가가도 도망가거나, 호두에서 멀어져 마루에게 다가오는 친구들이 대부분이었다. 처음엔 호두가 너무 크고 인사하는 법을 잘 몰라서 그런가 싶었다. 나중에 병원에서 이야기를 들었는데, 강아지들도 나와 다른 것을 인지한다고 했다. 눈이 하나 없는 호두를 이상하게 생각해서 같이 놀지 않을 수도 있는 거라고 하셨다.

'아…. 그럴 수도 있겠구나.'

호두가 안쓰러웠지만, 호두는 친구들의 반응은 신경 쓰지 않고, 자기가 좋으면 다인 듯 보였다. 다행이다. 단순한 호두라서!

이런 호두한테도 짱친구들이 몇몇 있다. 호두와 정반대로 생긴 "까몽이" 친한 친구네 강아지인데 이 친구도 유기견이었던 아이다. 호두와 다르게 까맣고 곱슬 거리는 털에 귀가 축 쳐져 있고 다리도 정말 짧다. 호두와 정반대로 생겼지만, 과거의 아픔을 서로 이해하는 걸까? 까몽이는 호두의 모든 행동을 받아주고 호두와 같이 놀아주는 착하고 순둥순둥한 친구다.

그리고 사랑이와 대박이! 이모네 강아지들인데 마당에서 행복하게 뛰어놀며 자유롭게 사는 세상 부러운 친구들이다. 호두마루가 자주 이모네 마당에 놀러 가는데, 그때마다 마당도 내어주고 함께 뛰어놀며 같이 놀아주는 착하고 듬직한 친구들이다.

호두마루와 잘 놀아주는 마음 넓은 사랑이 대박이, 집에 자주 놀러와 호두마루를 행복하게 해주는 까몽이와 둥이, 종종 날씨 좋은 날 함께 산책하는 멍돌이까지! 함께해주는 착하고 좋은 친구들 덕분에 매일 매일 더 행복한 호두마루다.

고마워 친구들아.
우리 지금처럼 아프지 말고 건강하게만 지내자! 행복하게 함께하자.

우리 집에 놀러왔던 귀여운 둥이와 커플티 입고 찰칵!

호두가 짝사랑하는 두툼하고 매력적인 까~만 까뭉이!

호두마루 X 대박사랑 여기서 마루가 제일 왕언니인 건 안 비밀!
마루보다 작았던 사랑이(하얀 귀가 쫑긋한 친구)가 이제는 제일 듬직한 친구가 되었다!

불이야 불! 영웅 호두마루

평범한 하루 하루가 지나고, 여느 때처럼 호두랑 마루랑 자려고 누웠다. 호두는 항상 나와 베개를 같이 베고 자고, 마루는 내가 다리를 동그랗게 모아주면, 그 안에 쏙 들어가서 잔다. 그렇게 가족 모두 평화롭게 잠이 들었다.

깊은 잠을 자다가, 호두마루가 짖는 소리에 잠에서 깼다. 옆집 사람이 들어왔거나, 밖에서 무슨 소리가 나면 아이들은 종종 겁먹은 목소리로 "우웅..! 우우웅!"하고 짖는다. 이번에도 그렇겠구나 싶어 "호두마루! 들어와 일로 와서 자."하고 잠결에 말하고 다시 잠에 들었다. 보통 때 같으면 다시 들어와 다시 잠에 들 텐데 이번엔 왜인지 계속 현관만 쳐다보며 짖는다. 자다가 일어나는 걸 제일 싫어하는데…. 꿀잠 깨우는 게 얼마나 짜증 나는데! "아오 정말 너네 왜 그래!"

짜증난 채로 호두마루가 있는 현관으로 갔다. 현관문 밖에서 작은 벨 같은 소리가 들렸다. "위이잉위이이잉–" 너무 작은 소리에 잘못 들은 건가?

문에 귀를 댔는데 확실했다. 비상벨 같은 소리가 났다. 혼자 나가보기에는

무서워 아빠를 깨웠다. 역시 아빠도 짜증을 내시며 나오셨고, 곧장 현관을

열었다. 검은 연기가 집 안으로 들어왔다.

"불 났나 봐!!"

"아빠! 어떻게 해?"

자고 있던 엄마와 현지를 깨웠고 모두가 우왕좌왕 정신을 못 차리고 있었다.

"119!! 신고 먼저 해!!"

누군가 소리치는 말에 119에 먼저 신고를 했다. 소방관님은 우리 집이 높은 23층이니 나오지 말고 일단 다 같이 베란다에 있으라고 하셨다. 통화를 계속 이어가며 상황을 말씀드리고 있는데 바깥에서 "에에에엥 에에엥" 하는 소리가 들렸다. 10대가 넘는 소방차가 왔다. 큰일 났다. 심각한 상황인가 보다.

　태어나서 처음 겪는 상황에 손이 벌벌 떨리고 심장이 너무 빨리 뛰었다. 집에 있으라고 했지만 그래도 혹시나 모를 상황에 대비해 짐을 챙겼다. 이런 상황에서 제일 먼저 챙기게 되는 게 뭐였을까? 돈? 노트북? 아니면 아끼는 옷들? 다 아니었다. 강아지 목줄과 가방이었다. 만약에 대피하게 되면 대피하다가 우리 아가들 잃어버리면 큰일 나니까. 목줄하고 가방에 억지로 집어넣어서라도 잘 데리고 안전하게 탈출해야지. 모든 시나리오를 미리 정해놓고 상황이 어떻게 흘러가는지 창밖으로 계속 내다보았다.

　똑똑똑-.

　현관에서 누군가가 문을 두들겼다. 소방대원이었다.

"23층 계단에서 불이 났는데 불은 다 껐고요. 걱정하실 필요 없습니다. 신고 빠르게 해주셔서 쉽게 진화할 수 있었습니다. 나오라고 방송하기 전 까지는 절대 나오지 마세요."

휴···. 정말 다행이었다. 이 짧은 시간 동안 얼마나 별의별 생각을 다 했 는지. '불나서 집이 없어지면 강아지 두 마리 데리고 우리 가족은 어디서 지 내야 하지?' 최악의 상황까지 걱정하고 있었는데 다행이었다.

이제서야 호두마루가 보였다. 호두도 마루도 눈을 똥그랗게 뜬 채 '도대 체 이게 무슨 일이야?' 하는 표정으로 있었다. 이렇게 진지한 표정의 호두 마루는 또 처음이다. 가족들 모두 거실에 모여 앉아있는데 경비 아저씨가 오셨다. 아빠가 이야기를 나누고 들어오셨는데, 참 충격적인 이야기였다. 23층 계단에서 누군가가 담배를 피워 불이 났고, 불이 옮겨져 우리 현관 바 로 앞 23층 비상벨이 울렸는데, 하필 그 비상벨이 고장이 났단다. 평소엔 자 던 사람도 깨울 정도의 소리로 울렸어야 했는데, 아주 아주 작은 소리로 울 렸다고 했다. 그 이야기를 듣고 내가 말했다.

"엄마. 아빠. 현지야. 호두마루가 나 깨운 거야. 얘네가 그 소리 듣고 짖 어서 나 깨운 거야. 얘네 때문에 우리가 깨서 내가 바로 119에 신고한 거야."

엄마, 아빠, 현지, 나 온 가족의 시선은 호두마루에게 갔다. '왜? 뭔데 왜 갑자기 쳐다보는 건데?' 마루는 무슨 영문인지 모르겠단 표정을 짓고, 호두 는 다들 자기 본다고 신나서 꼬리를 흔들었다.

가족 다 같이 호두마루를 만져줬다.

"대견한 것들, 자기 데려다 키워준다고 은혜는 갚았네. 호구시키(아빠의 애칭)"

엄마 아빠도 너무 신기하고 대견하신가 보다. 아침 해가 뜨고 나서야 모두들 다시 잠에 들었고 푹 자고 일어나서 아이들에게 갔다.

얼마나 피곤했는지, 마루는 역시 또 발라당. 호두는 곤히 코를 박고 자고 있었다. 자고 있는 아이들의 발이 까맣게 되어있었다. 연기가 집안으로 들어와 바닥에 검은 재가 쌓였는데, 그걸 밟으며 총총총 열심히도 돌아다녔나 보다. '기특한 것들….' 새벽일에 대한 안도감과 호두마루에 대한 고마움에 눈물이 핑 돌았다. 이상함을 직감하고 우리한테 알려주려고 얼마나 짖었던걸까. 고맙고 신기하기도 하고 다양한 감정이 섞인 채, 가만히 자고 있는 호두마루를 쓰담 쓰담 해줬다. 그렇게 까만 발 강아지들은 푸욱 늦잠을 쪽 잤다.

지금도 종종 부모님께서는 이때 이야기를 하곤 하신다. "비상벨도 고장 났었지! 얘네 없었으면 큰일 날 뻔했을 거라고! 아유 기특한 것들!" 하시며 갑자기 고구마를 구워주신다. 칭찬받고 고구마 먹는다고 마냥 신나서 행복해하는 호두마루를 보면 많은 생각이 든다.

참, 사람한테 이렇게 많은 것들을 주면서, 고작 우리가 주는 고구마 하나에 이렇게도 행복해하는구나.

강아지는 아낌없이 주는 천사다.

우리 아이들한테 고구마보다 더 큰 행복들 얼마나 많은지!

하나씩 하나씩 평생 느낄 수 있도록 해줘야겠다. 호두마루 딱 기대해!

마루일기

2018 년 9 월 4 일 화요일   날씨 : 아ㄷ다시원해

나쭝짱인듯!

제목 : 우리가족 내가 살린 썰 푼다

	나		혹	시		수	퍼	맨	인	가	?
아	니		글	쌔		자	는	대		무	슨
소	리	가		들	렷	다	.	그	래	서	
언	니	를		깨	웠	다	.	근	데	!!!	불
이		난	거	다	!!!		언	니	가		소
방	차		불	러	서		불	껏	다	.	나
랑		호	두	가		짓	어	서		우	리
가	족		살	린	거	다	!	하	하	하	!

털마루 털호두 안녕

미용은 할 때마다 호두마루한테 늘 미안하다. "너네 더우니까, 위생적이
어야 하니까 꼭 해야 하는 거야! 몇 시간만 조금만 참으면 언니가 빨리 데리
러 올게!" 손을 잡고 눈을 마주치며 몇 번을 말해도 호두마루는 하나도 못
알아듣겠지. 이럴 때 대화가 통할 수 있다면 얼마나 좋을까. 다행히도 사람
이라면 무조건 좋아하는 마루는 "얘는 미용하려고 만지면 그냥 발라당 누
워 버려서 미용이 힘들어요."라고 하셨던 예전 미용실 선생님 말씀 이후로
걱정은 덜어졌다. 문제는 호두다. 긴장하면 온몸의 근육이 다 굳어서 나뭇
가지마냥 딱딱하게 서 있는다. 예전에 비하면 정말 많이 나아졌지만 그래도
걱정되고 미안한 건 여전하다. 마루랑 동시에 미용을 하면 호두가 훨씬 편
안해한다는 말씀에 늘 동시 미용을 진행하는데, 가기 전 마루에게 "동생 잘
챙겨야 해!"라고 하며 신신당부(간절한 부탁)를 한다.

마루는 털이 찌면 감당할 수가 없다.
마치 100년 만에 외출하신 박사님처럼….

드디어 미루고 미루던 미용 날.

기분이 조금이나마 좋았으면 하는 마음에 흙길에서 실컷 산책을 하고서 미용실에 갔다. 역시나 마루는 미용실 입구부터 선생님들이 반갑다고 기어서 들어갔고, 호두는 내 다리 뒤에 숨어 흰자를 보이며 눈치를 보고 있다. 여느 때처럼 "마루는 이 정도 길이로 어떻게 저렇게 요렇게 해서 얼굴은 이렇게 몸은 저렇게 이 정도로 이런 모양으로 해주시고요! 호두는…. 음, 귀만 빼고 시원하게 밀어주세요! 꼬리만 동그랗게 부탁드려요."

단모에 파워 직모인 호두에게 미용하면서 유일하게 꾸며줄 수 있는 부위는 동그랗고 귀여운 꼬리뿐이다.

365일 무음모드인 내 핸드폰이 유일하게 제일 큰소리로 소리모드가 되는 시간! 애타게 기다릴 호두마루 생각에 핸드폰을 수 십 번도 넘게 들여다본다. 드디어 미용이 끝났다는 연락에 한걸음에 달려가 보니 호두는 미용실 유리창 너머 세상을 구경하며 마네킹처럼 곧은 자세로 앉아있고, 마루는 세상 편한 자세로 쉬고 있다. 내 강아지지만 너무너무 예쁘다. 고생했어, 우리 아가들!

집에 오늘 길에 "어구어구 고생했어 우리 마루! 동생도 챙기느라 더 고생했어!"하며 마루를 쓰다듬는데 무언가가 손바닥을 자꾸 스친다.

어? 이상하다. 이게 뭐지…? 마루 등에 딱딱하고 큰 덩어리가 잡힌다.

미용을 하면 호두는 귀가 더 커지고 마루는 귀가 가벼워져 쫑긋하고 선다.
미용 당일만 볼 수 있는 귀여운 모습!

호두의 소중한 꼬리 방망이!
미용사 선생님들이 호두의 꼬리 방망이에 집착하시는 게 분명하다!
매번 점점 완벽한 동그라미가 되어가고 있으니….

마루 등에 종양이 생겼어요

　　바로 방향을 틀어 병원으로 달려갔다. 병원 가는 길에 진료 순서를 기다리는 와중에 계속 마루 등에 난 이상한 덩어리를 만져봤지만, 만질수록 이상했다. 적어도 지금 3~4cm는 되어 보였다. 작은 마루 등에 저렇게 큰 덩어리가 있다니…. 덜컥 겁이 났다. 마루의 진료 차례가 되었고, 의사 선생님께서는 세포검사를 권하셨다. 20~30분 걸린다는 검사를 기다리며 정말 오만가지 생각이 머릿속을 뒤덮었다. '악성 종양이면 어쩌지? 예전에 목 뒤에 악성종양이 생겨서 온몸에 퍼져 갑작스럽게 무지개다리를 건넌 친구의 이야기를 들었었는데…. 설마 그건 아니겠지? 근데 바보 같은 나는 또 이걸 왜 이제야 발견한 거지?' 결과를 기다리는 30분 동안 걱정과 미안함에 아무것도 할 수 없었다.

　　"띵동-. 마루 보호자 들어오세요."

결과가 나왔다. 지방 괴사가 일어나서 염증이 생겼고, 그 염증이 덩어리져서 크게 자리 잡고 있다고 하셨다. 수술을 해서 떼어낸 조직을 조직검사해서 향후 진료 방향을 보자시며 큰 문제는 되지 않을 거라 하셨다. 휴, 불행 중 다행이었다. 염증이 커서 수술 범위가 커질 수밖에 없다며 더 놔뒀다간 수술 범위가 더 커질 거라며 최대한 빠른 수술을 권하셨다. 예상치도 못했던 수술이라니…. 너무 마루한테 미안하고 마음이 아팠지만, 나중에 더 힘들 걸 생각하면서 바로 다음 날로 수술날짜를 잡았다.

집에 왔다고 신나서 뛰어다니는 마루를 보며 착잡했다. 동생은 마루가 불쌍하다며 집 오는 길에서부터 울고 앉아있다. 하지만 착잡해 할 시간이 없다. 마트에 가서 북어, 두부를 사와서 똥마루를 위한 몸보신 북어죽을 끓였다.

"얘 너 엄마한테도 좀 그렇게 해줘 봐라!"

엄마가 질투 섞인 눈빛으로 다가오셔서 "팔팔 다 끓이고서, 두부는 마지막에 넣어야 돼~" 애정 섞인 잔소리를 하고 가신다. 지금 우리 가족 마음은 다 똑같겠지? 음, 근데 호두는 정말 신난 것 같다.

챱챱 왜 이렇게 맛있는 걸 주지? 호두마루는 신나서 북어죽을 폭풍 흡입했다. 그릇까지 싹 핥아준 호두 덕분에 설거지 할 필요도 없었다. 수술 8시간 전부터 금식을 해야 한다. 죽도 든든하게 먹였고, 사료도 계속 던져주며 (던져줘야 바로 먹는 이상한 아이들) 배를 든든하게 채워줬다. 근데, 물을 안 먹었다.

"마루야 너 내일 수술 끝날 때까지 물 못 마셔…. 제발 좀 마셔주라."

보통 때면 컵에 물을 담아주면 잘 먹는 마루가 이상하게 한입도 먹질 않았다.

새벽 3시. 이제는 진짜 물 먹을 수 있는 마지막 시간인데, 걱정하던 찰나 좋은 생각이 났다. 남은 북어죽에서 북어 두 덩어리를 건져서 맑은 물에 넣어줬다. 하하 성공! 북어를 먹으려고 물을 시원하게 찹찹 마셨다.

불을 끄고 오늘은 마루 꼭 안고 자야지. 할 말이 정말 많으니까. 말은 안 통해도 우리는 눈빛으로 통하잖아. 그치? 마루를 옆에 눕히고 눈을 보면서 이야기했다.

"마루야. 언니가 미안해. 내일 잠깐만 자고 일어나면 다 괜찮을 거야.
그리고 마루야. 언니들이랑 엄마 아빠가 절대 마루 버리는 거 아니야.
수술할 때도 수술 끝나고도 계속 마루 옆에서 마루 지켜보고 있을 거고,
마루 응원하고 있을 거야. 마루 아프게 해서 언니가 너무 미안해.
언니가 앞으로 더 잘할게."

마루가 눈은 되게 잘 맞춰줬는데, 알아들은 건지 모르겠다. 마루가 제발 내 말을 조금이나마 콩알만큼이라도 이해했으면 좋겠다고 생각하는 와중에 또 발라당 뒤집어버렸다. 허허…. 그래그래, 너 제일 편한 자세로 푹 자.

일단 푹 자자!

마루야 수술 잘 받고 오자! 걱정 말고 오늘은 일단 푹 자자

마루온니 내가 지켜줄게

마루는 수술에 들어갔고, 다행히도 수술은 잘 마쳤다. 조직검사 결과도 좋았다. 악성종양이 아니어서 큰 걱정을 할 필요 없는 종양이었다. 얼마나 걱정했는데…. 정말 다행이다. 마루는 3일 정도 입원해서 병원 치료를 마치고 집에 돌아왔다.

'마루야. 많이 아프고 힘들었지?'

대견한 마루, 아플 텐데 칭얼 거리도 않고, 누워서 잠만 잘 잔다. 밥도 잘 먹고, 약도 잘 먹고 얼마나 고마운지 모른다. 원래 마루를 보면 빙글빙글 돌며 손으로 등을 툭툭 치기도 하며 장난을 치는 호두인데 마루 언니가 아픈 걸 아나 보다. 호두는 마루가 돌아오니 반갑다고 꼬리만 살랑살랑 흔들며 천천히 다가가 냄새를 맡고 온다. 그리고 호두 특유의 진지하고 느끼한 걱정스러운 표정으로 마루를 바라본다.

저녁이 되어 마루 몸보신으로 북엇국을 끓여주었다. 근데 이게 무슨 일인가. 음식이라면 환장하는 호두가 마루언니 먼저 준 북엇국을 탐내지 않고 바라만 본다. 그리고 마루가 누워있는 곳에서 옆에 나란히 누워 있다.

기특한 호두. 마루언니를 지켜주는 것만 같았다.

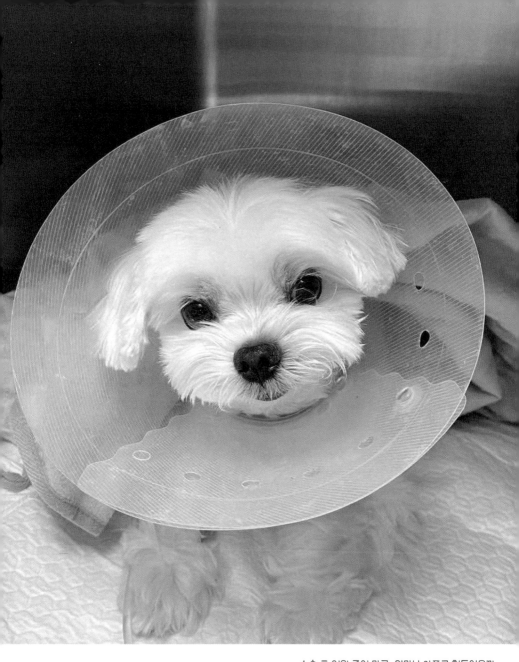

수술 후 입원 중인 마루. 얼마나 아프고 힘들었을까.
텔레파시가 통한다면 얼마나 좋을까.
'마루야 너무 고생했어. 금방 집에 올 거야. 언니가 금방 데리러 갈게! 조금만 힘내자.'

1. 언니 아프지마ㅠㅠ

2. 호두가 지켜줄게!

3. 하나도 안 졸려 내가 지켜줄 거야!

4. 드르렁 쿨쿨쿨zZzZ

마루온니한테 배웠어요 (발라당)

요즘 들어 호두가 발라당 하고 자기 시작한다. 뻣뻣하고 마르고 롱다리
에 허리가 긴 호두한테 상상도 못 했던 자세인데 가끔 새벽에 잠에 깬 호두
를 보면 발라당 하고 누워있다. 발라당 고수 마루온니와는 다른 살짝의 어
색함과 불편함이 보이긴 하지만 그래도 호두 나름의 귀여운 발라당이다.

처음 호두가 우리 집에 왔을 때, 어색함과 긴장감 때문인지 화장실이나
베란다, 소파 밑에서 불편하게 자곤 했는데…. 이렇게 편하게 발라당하고
누워있는 모습을 보니 괜스레 코끝이 찡해진다. 많이 편해졌구나 우리 호두.
우리 집도 마루온니도 우리 가족도 모두 모두 호두에게 많이 편해졌구나.
고마워 호두야. 마음도 활짝 열고 배도 발라당 활짝 열어줘서!

"마루언니가 개인 과외 해준 거거든?! 다리는 이렇게! 배는 이렇게! 하
고 눕는 거라고 언니가 알려준 거야."

공 갖고 놀다가 발라당 잠든 호두.
앞발이며 뒷발이며 꺾인 고개까지 아직은 많이 어색하다.

아하 앞 다리는 저렇게 하는 거구나!

오호 입모양은 요렇게 하는 거구나!

오아 눈은 저렇게 뜨는거구나!

결과물 : 뭔가 잘 못 배운 것 같아요….

호두마루의 봄 여름 가을 겨울

마루와 함께한 7번의 봄, 여름, 가을, 겨울

그리고 호두가 가족으로 쏘옥! 들어와 호두마루와 함께 한 4번의 봄, 여름, 가을, 겨울이 지났다. 앞으로 호두마루와 함께 할 사계절이 몇 번 남았을까 생각하면 계절 하나하나 참으로 소중하고 애틋하다.

봄은 설렌다. 산책하기에 완벽한 날씨,
꽃이 피면 가족 다 같이 호두마루와 나들이도 자주 가고,
황토색이었던 풀들이 푸릇푸릇해져
호두마루가 좋아하는 풀냄새가 폴폴 풍기기 시작하는 계절이다.

여름은 호두와 처음 만난 계절!
여름만 되면 호두와의 첫 만남이 떠오르고, 다시 한 번 우리에게 와준 호두와 마음을
열어준 마루에게 고마워진다. 물을 좋아하는 마루와 물을 싫어하는 호두!
가족여행이나 운동장, 수영장에 놀러 가면 호두는 풀에서 뛰어놀고
마루는 수영장에서 헤엄을 친다.
무덥고 지치지만 호두마루와 함께여서 설레고 시원한 여름이다.

낙엽이 지는 가을도 호두마루가 참 좋아하는 계절이다.
바스락바스락 낙엽 밟는 소리를 좋아하는 호두마루는
산책할 때마다 꼭! 낙엽이 쌓여있는 곳으로만 걷는다.
호두마루가 좋아하는 초록 풀들이 점점 사라져서 아쉽지만,
가끔 발견한 풀들에 더 소중해하고 행복해하는 모습에 덩달아 행복해지는 계절이다.

겨울은 마루와 처음 만난 계절이다. 추운 겨울 처음 만났던 아가마루가 떠오른다.
추위를 타지 않는 마루와 추위를 많이 타는 호두!
겨울이면 호두는 늘 내복을 입고 있고 산책을 갈 때면 꽁꽁 무장을 해야 한다.
눈이 내리면 신나서 폴짝거리는 모습에 행복해진다.
추운 밤에는 따뜻하게 난방을 틀어놓고 호두마루를 꼬옥 껴안고 잠에 든다.
아! 그리고 겨울은 호두마루가 제일 좋아하는 고구마가 제일 맛있는 계절이다.
고구마 최고!

행복한 가족 여행

여름에 한 번, 겨울에 한 번. 우리 가족은 호두마루와 종종 여행을 떠난다. 애견 전용 펜션이나 애견 동반 캠핑 등. 가족들과 행복한 추억을 쌓을 수 있는 것은 물론, 여행을 가면 집에서는 발견하지 못했던 아이들의 새로운 모습들을 볼 수 있다.

집에서는 참 얌전하고 조용한 호두는 여행을 가면 장난꾸러기 말괄량이가 된다. 신나서 여기저기 냄새를 맡고 관심을 보이고 난리가 난다. 역시 우리 호둥이는 호기심 쟁이다. 집에서 앙앙거리면서 자기주장이 뛰어난 우리 마루는 여행을 가면 진지한 우리 가족 지킴이가 된다. 새로운 공간이 낯선지 여기저기 진지한 표정으로 냄새를 맡고, 새로운 사람과 새로운 강아지를 경계하며 가족을 지킨다. 네가 우리 집에서 제일 쪼꼬미야 마루야….

여행을 가면 밤이 제일 좋다. 가족들 모두 숙소 가운데 모여 앉아 맛있는 걸 먹으며 대화를 한다. 대화의 주제는 호두마루! 그리고 그 한가운데는 호두마루가 누워서 애교를 부리고 있다. 살면서 가장 행복한 순간을 뽑으라면 이때가 아닐까 싶다.

여행이 끝나고 집으로 돌아오면 호두마루는 여행 후유증에 시달린다. 편안한 집에 돌아와 마음이 편안해졌는지 마루는 발라당 누워서 쌀알(하얀이)까지 내보이며 잠을 잔다. 드르렁 쿨쿨— 마루의 잠꼬대가 가장 클 때이다. 그 옆에서 호두도 덩달아 쌔근쌔근 잠을 잔다. 가끔 잠꼬대를 하기도 하는데, 꿈에서는 아직도 신나게 뛰어놀고 있나 보다.

집에서도 집 앞 산책을 할 때도 항상 행복한 우리지만, 여행을 갔을 때의 행복함은 이루 말할 수 없다. 앞으로의 작은 꿈이 있다면, 아이들과 함께 제주도 여행을 떠나는 것이다. 마당이 있는 집을 얻어 한 달 살이를 하면 얼마나 행복할까? 마루의 발은 매일매일이 새까맣고 호두의 얼굴엔 웃음은 끊길 일이 없겠지? 그리고 밤이 되면 피곤한 두 강아지들은 매일 발라당 누워 쿨쿨 잠이 들겠지? 상상만 해도 너무 행복해 미소가 지어진다.

호두와 마루의 남은 견생을 매일 매일 행복하고 웃게 해주고 싶은 것 그것이 나의 가장 큰 소원이다.

호두마루만 행복하면 돼
너희가 행복하면
우리도 행복해지거든 ♥

이야기를 마치며

호두는 한쪽 눈만 보이는 아주 작은 몸으로, 이 크고 넓은 세상에 버려진 강아지이다. 가끔 호두와 눈을 맞추며 한참을 쳐다보며 눈으로 이야기를 하곤 한다. "호두야 넌 어디서 온 거야? 많이 무섭고 아팠지?" 물어보면 호두는 빤히 쳐다보다가 미소를 지어주는데, 남아있는 한 쪽 눈은 또 얼마나 맑고 사랑스러우며 선한지 모른다. 예전에 호두의 아팠던 눈 사진을 올렸을 때, 어떤 분께서 이렇게 말씀하셨다. "호두의 아팠던 눈이 마치 우주 같아요. 호두 눈이 우주를 담고 있네요." 호두의 과거의 눈을 아프고 안쓰럽게만 생각했던 나에게 정말 위로가 되는 말이었다. 눈에 우주를 담고 있던 우리 호두. 우주를 담고 있던 그 시절의 호두도, 한쪽 눈으로 윙크하며 살아가는 지금의 호두도 참으로 사랑스럽고 또 사랑스럽다.

'말티즈는 참지않긔' 하지만 우리 집 말티즈 마루는 잘 참는다. 관종에 질투도 많은 마루는 호두를 흔쾌히 동생을 받아주었다. 지금은 웃으며 말할 수 있지만, 갑자기 가족이 된 호두 때문에 마루가 힘들었던 과거를 생각하면 아직도 눈물이 고이곤 하는데…. 힘들다. 싫다. 말도 못하는 우리 마루는 얼마나 힘들었을까? 자기보다 키도 크고 무거운 동생에게 종종 꼬리로 맞기도 하고, 뛰어가다가 치이기도 하고, 자다가 뭉개지기도 하지만 우리 마루는 여전히 꾸준히 잘 참아준다.

너무나도 다른 둘. 외모도 성격도 취향도 정반대의 호두와 마루. 그 때문인지 가까워지고 진짜 가족이 되기까지 정말 많은 우여곡절이 있었지만, 지금은 둘도 없는 자매, 진짜 가족이 되었다. 지금의 호두마루가 된 건 오롯이 마음을 열고 다가와 준 호두와 마음을 열고 받아준 마루 덕분이다.

눈이 다친 채 버려진 호두, 기적처럼 그런 호두를 만났고, 절대 가까워질 수 없을 것 같던 둘은 기적처럼 가족이 되었고, 한쪽 눈으로 어떻게 살아갈지 막막하기만 했던 호두는 기적처럼 그 어떤 강아지보다 행복하게 지내고 있다. 호두마루의 이런 기적 같은 이야기에 함께한다는 것만으로도 참 행복하다. 앞으로 호두마루의 남은 견생, 아픔과 걱정 없이 행복만 가득하길,, 그것이 나의 가장 큰 소원이다. 호두야 마루야, 함께해줘서 행복하게 해줘서 고마워. 평생 사랑해 나의 강아지들.

그리고, 이런 호두마루의 이야기를 통해 많은 이들이 행복함을 느낄 수 있기를 바란다.

이 책의 수익금은 과거의 호두와 같은 유기동물 친구들을 위해 쓰여집니다.

호두마루의 이야기에 함께 해주셔서 감사합니다.

호두랑 마루랑

: 행복을 선물해주는 호두마루의 견생역전 이야기

초판 발행 | 2021년 01월 04일

글 | 호두마루 언니 (안은지)
그림 | 호두마루 언니 (안은지), 이다슬
사진 | 호두마루 언니 (안은지), 손튜디오

펴낸곳 | Deep&Wide
발행인 | 신하영 이현중
편집 | 김한욱 신하영 이현중
도서기획 | 김한욱 신하영 이현중

주소 | 서울특별시 마포구 성미산로1길 21 사울빌딩 302호 (03971)
이메일 | deepwidethink@naver.com
ISBN | 979-11-971049-9-2

이 도서의 국립중앙도서관 출판예정도서목록(CIP)은 서지정보유통지원시스템(http://seoji.nl.go.kr)과 국가자료종합목록시스템(http://www.nl.go.kr/kolisnet)에서 이용하실 수 있습니다.